雅音

田恩铭 著

与你相遇，夕阳黄昏中沉吟的歌者
句子与句子之间
有一条自古典时代奔涌而来的河流
谁在倾听
月光落在河面上
歌者的目光落在河面上

黑龙江美术出版社

图书在版编目（CIP）数据

雅音 / 田恩铭著. -- 哈尔滨 : 黑龙江美术出版社，
2021.1
　ISBN 978-7-5593-6511-8

　Ⅰ．①雅… Ⅱ．①田… Ⅲ．①诗集－中国－当代
Ⅳ．① I227

中国版本图书馆 CIP 数据核字（2020）第 242768 号

雅音
YAYIN

作　　者	田恩铭	
责任编辑	聂元元	
出版发行	黑龙江美术出版社	
地　　址	哈尔滨市道里区安定街 225 号	
邮政编码	150016	
经　　销	全国新华书店	
印　　刷	北京艾普海德印刷有限公司	
开　　本	880mm×1230mm　1/32	
印　　张	9.5	
字　　数	109 千字	
版　　次	2021 年 1 月第 1 版	
印　　次	2021 年 1 月第 1 次印刷	
书　　号	ISBN 978-7-5593-6511-8	
定　　价	55.00 元	

目录

序诗：树丛的风景

第一辑 历史的册页

目
录

3

第三辑　记忆的影像

第四辑　女性的星空

序诗：树丛的风景

若非穿过这片林木丛生的领地

不会遇见这些思想者

徘徊中倾力歌唱

这些思考如何生存的使者

用文字记录古典时代的史海微澜

选择阅读，就要沉默

沉默后惊醒

倾听或雄浑或婉约或凄厉或狂纵的发音

一个一个聚集

融为多声部的交响乐

藏在幕后

把回荡于山水之间的牧歌按键播放

听一遍，再听一遍

思绪已经转移

无关的事情迅速占领高地

一只小狗闻着味道左右跑来跑去

喂马，拔草，顺着望不到边的垄沟

寻找粮食，寻找久违的灵感

不必惬意

正午的阳光渐凉

那些寄居的虫豸从树下向上爬

大幕撤掉

众生显现出各自的本相

慌忙退逃，树丛的风景一览无余

选择沉默，就要阅读

会心处嫣然一笑

把故事洒在耕耘的沃野

无边际的梦浮现出来与你对话

我们居住在话语的殿堂

既然穿过这片林木丛生的领地

不妨放慢步子，找到适合栖居的处所

捡起木头、水和土地

选择词、物和心灵的意象

合力经营长满符号的家园

序
诗

第一辑

历史的册页

那些深情吟唱的歌者
那些聆听吟唱的行者
风雨中体味被折磨后的愉悦

顺着圣贤逃亡的方向
一路搜寻
关闭通往心灵的圣地
如果不幸与之遭遇
就献上一首晦涩的诗

回忆录

我们把小船停在荒漠里，沉思

这种荒谬的想法脱口而出

话语的海洋里善于游泳的并不少见

踏浪而行，想象的空间布满嫩绿的叶子

我的诗，会站在某个斜坡的边沿

花枝招展，吸引部分游客围过来

文字飞舞，乐声与舞蹈融于一处

曾经在记忆的深沟掩埋的风景被挖掘

出来

考古学家用显微镜观察，古老的韵律是

否协调

　　结论与作者的想法完全不符，一种叫作

阐释学的动物

　　开始狂奔，赶紧逃跑

　　早已忘却文字王国里有过的疯狂和激情

　　停下来吧，无人追杀的逃跑毫无必要

　　追逐的动物已成化石，我和你一起到荒

漠里寻找小船和水

寂寞的圣贤（组诗）

河　岸

水流湍急

诸弟子环水侍坐

杯里的酒香气四溢

理想的味道飘向老夫子的位置

倚靠一块石头

老夫子聆听入耳的词语

匹夫不可失志

众生面面相觑

水中的鱼自在游

岸边的草自在绿

某些被复制的念想被谱曲歌唱

或强或弱

留下的弧线

自天空中落下来

落在科考的卷子上

传入历史的册页

小　村

邻居隔着栅栏送过菜

邻居隔着栅栏呼唤彼此的名字

孩子们冲着鸡窝调皮地奔跑

鸡鸣狗吠

偶尔，有变戏法的走街串巷

认出乡音

吃罢百家饭

再被揣满粮食送走

麦场上，马拉着石磙子碾压豆荚

无语的耕牛

与扶犁者一起流汗

车前子疯长在道旁

蒲公英开过后

便把白色的绒毛撒遍山野

一簇，两簇，三簇

出关的老子终于悟出

大道本无

你和我一直栖居的园地

水流花放中

如此惬意

大丈夫

善意横生，这个春天温暖依旧

与病毒对峙

那些被消解的话语飘入长空

星星向你眨眼

你向星星挥袖

不需要探索天空的奥秘

你只愿意与人为伍

告诉贵族该有的法则

告诉平民该有的生活

水上的船儿需要水

地里的庄稼需要种

向善的风啊，需要吹

你御风而行

大丈夫，手持大旗

站在山顶晃动

人头攒动，向你集聚

汇作洪流奔涌在思想的根部

梦　蝶

蝴蝶落在格桑花上

吸吮自然的味道

她等你靠近

从红房子面前走过去

一条通往花园的小径

你和她反复地穿行

如果空不见人

就会瞟向后院的灯光

她会飞过栅栏飞入你的梦中

你在熟悉的时间醒来

化作蝴蝶

化作庄周

化作那只自远古袭来的青鸟

许多年后，我立在红房子的身边

想看到你的身影

躲在小径中红色的身影

走过来，走过来

哪怕仅仅对视一下

驻留于生命交集的时刻

穿过屈子的梦境

你的梦和我的梦相遇在开往秋天的高
铁上
隔窗相望，目光穿透不了彼此距离的厚度
捧一本盛满旧时光的典籍
读波澜起伏后的风平浪静

别说这段故事
夜会给你力量，递给你一杯牛奶
或者往你的杯子里注水
灵感就此被扼杀在肺部的肌理
雾刚起时，无人记得这些细节
雾将散时，有风吹过头顶的云
从你的资质里摘除浪漫

剩下的岂止是孤独

黑色的湖面铺满月色

铺满憔悴中的仰天之问

红葡萄酒已经斟满

一场聚会却抛弃了诗

抛弃烟火以外的味道

穿上演出服，舞台的四周

舞台的中央灰尘四溅

我们把梦托付给叫好的看客后

毅然决然地摆脱夜

摆脱草稿的束缚

醉酒就睡觉吧，不要

记起清醒之际的图景，不要

和自己对质，不要

渴望与一幅佩剑的画像较量

睡醒就不要举杯了，不要

盯着微信运动中的步数，不要

与操场上的陌生人说话，不要
忘记拒绝抛出的橄榄枝

请不必有意地唤醒我，用一束绿萝
那些套在头上的花环化作紧箍
你的咒语具有性别以外的魔力
行走于被救赎的途中
我不说话，不要捂住我的脸
声音与面容竞相喧哗
直到唱歌的渔父远去
梦停在孤独的午后

无梦，我们睡着了
即便有梦，我们不应该一同醒来
周边鼾声继续，车厢里的灯光过暗
过道的行人面无表情
什么都没有发生
你和我，还在纠结
丁香花是否栖居在自己的疆域

国　殇

他乡漂泊的灵魂

用绳缆系上自己的影子

临水观照

山河依稀闪耀的凄怆

唐诗宋词

谱就的安魂曲

在屈子的感召下

如落叶纷纷扬扬

大将军横刀跃马

一骑绝尘

歌声拂动缕缕炊烟

做完饭的女子

站在窗外

数着飞过的燕子

呢喃

黄昏雨并没有

如期赶来

待夜半

长生殿销魂的那一刻

怀中的青丝

连着头上的白发

于无风的梦里

旋舞

李　陵

从祖父的眼神里读出几分杀气

大漠孤烟点燃了

鏖战的风尘

本来你可以站着

然后慢慢倒下

这样就成了千古传诵的英雄

而你选择了走钢丝

先倒下然后站起来

太史公生命的根

因此被斩断

续接在如椽大笔上

历历在目

让无数男人勃起后

掩卷而泣

你的祖父连同与你有关的故事

慢慢黯淡

直到杨业在你的碑前诀别

你就此活在民间

你必须承受被抛弃的焦虑

彻夜难眠

你是李陵

那个在包围圈里摇旗呐喊的带头人

你是李陵

那个孤零零地举旗站在山顶的人

你是李陵

那个选择存活而改写历史的人

你是李陵

那个从匈奴马背上摔下来的人

合上书本阳光照进来

谁是李陵

司马迁

太史公在时间的河流中狂啸

大笔一挥写一部

永远无法完成的书

君子哭

小人也哭

太史公屹立在悬崖的边际

瞩望 大汉帝国的暮色

灵旗闪烁

无根的生命

游侠的剑气直贯长虹

那个胯下的韩信

那个失明的左丘

走过来，走过去

然后化作复仇的火焰

太史公沉默地走出硝烟

战争从一开始

就散布在本纪里

就分割到列传里

长袖善舞

长歌如缕

一如我手里虫蛀斑斑的残页

当此际

飞蛾正在扑火

陶渊明

五棵柳树

从头走到尾是喝完一碗酒的工夫

你不会狂啸，只是

坐在山下

看云

看鸟

自己从天空飞过

官场是一片无边无际的海

还没有学会游泳

你就进去了

笼子里长不出庄稼

戴月荷锄归

是追忆里的救命稻草

归去又来啦

还得归去

你的身份里没有农民

他们太苦太忙

听你吟诗实在有些奢望

如何走进城市

哪怕打工

是一个遥远的梦想

如果能被承认

谁会承担

田园将芜的后果

想象不出你面见长官的姿态

五斗米使无数英雄竞折腰

你的心理负重

淹没在诗意中

淹没在潜规则里

化作挽歌

一个世纪又接着一个世纪

寂寞地

清唱

九月，与陶渊明共语

这是让人头痛的九月

台风穿透整个秋天撞过来

一堵墙

把菊花和酒隔离

扒开日历

沉入人世的某些片断

无法入戏

无法从戏中穿越回来

陶令的樊笼里

关着几条游鱼

贴在水面上，摇头摆尾

渴望水的滋润

流动的水犹如一把弯刀

将九月与它的影子分开

骑车缓缓而过的女孩儿

喊一声兄弟后

止不住媚笑，并没有停下

闻闻香气

跟不上她们流行的步调

蚯蚓翻过的空间夜幕笼罩

赶不上这趟通向桃花源的电车

你的情绪忽高忽低

酸涩夹杂着微苦

游子无处寻找归途

你的日子挂在被风吹折的树梢上

九月，不会放过每一个踱过秋天的灵魂

隋炀帝

乌鸦落在树上

你站在大殿上

风吹草动

缭乱了血腥的记忆

家与国在梦想的刑场冲突

一场杀戮

黯淡了昨夜的天空

你无法抑制自己

在旷野

随着抒情的节拍走下去

乌鸦还落在树上

你整理一下衣襟

和凌乱的思绪

昂头面向贵妃

水上的波纹正在扩散

一圈一圈

淹没腿，淹没腰

剩下的时间

只能写一首小诗

亦如鲜血滴落

唯有《春江花月夜》

在合唱中飘过初唐

帝王的心事（组诗）

杨 广

沿着父亲的选择走下去

还是寻找自己的路

从悬崖边爬出来

你以一袭华美的袍牵动人心

大运河满载着江南的忧郁

向塞北流去

化作瓦岗寨倒下的大旗

一场厮杀以生命的结束落幕

李世民

玄武门将你的人生拦腰斩断

你的身份一分为二

一半是王子

一半是万岁

哥哥的谋臣

弟弟的妻子

从此偎依在你的怀里

不能自拔

那个拿着锥子的小女生

不是你的最爱

却在你离去之后的某个春天

完全绽放

武则天

了却一段姻缘

你从皇宫走出来

月光下的寂寞无人理会

平添一段姻缘

你从寺院走出来

后宫的月亮与太子的惶恐并存

你的眼里开始打量案头的文件

你的欲望是澄清天下

波涛翻滚

在颤抖的风中稳稳地站定

帝王里的妃子

妃子里的帝王

统统让无字碑昭告天下

李隆基

在祖父与父亲之间

你选择了祖父的父亲的路径

走着走着

自己的梦想被点燃

开元通宝闪耀着盛世的光辉

或者，从鱼贯而入的举子身上

看到了大唐的未来

午后，从阳光下醒来

刀光剑影中你开始漂泊

凄风苦雨改变了大唐子民的欢快节奏

你已经停不下来

你已经无法掌舵

杨玉环的梦中传话也许会增加冷宫的

寒意

春天里的杜工部

秋天里的李太白

把日暮时分的追忆变成文字

浔阳江头的白乐天直接写下你的故事

让你躺在恋爱的温床上不能起身

李　煜

泪水落在宫娥的脸上

化作一朵梅花

再逐渐枯萎

教坊的音乐舒缓而悠长

你没能跳进火坑

只能以弱者的姿态苟且

匆匆向一个时代告别

不得不随盎然诗意

踏上无法预测的前途

秋月，林花，车马

隐映在亭台楼榭的边缘

你的故事

结出的愁怨

本以为要浩瀚东去

灌入的

只有旋转的满江春愁

曾经把偷情写得津津有味

曾经把亡国写得有女人味

笔墨未干

还差一声浩叹啊

你转了个身

把此际的梦幻写得灵魂出窍

寻找斯人

年轻人喜欢向繁华的都市聚集

厌倦了，就会去周边寻索

有些斑驳的古迹熠熠发光

自由与自由相遇

仙乐与雅音相遇

李白与杜甫相遇

黄河边上的歌声直上云霄

商丘的夜能否掩饰诗人的光辉

李白的狂歌从这里出发

并未遇上老杜的沉郁

而是汇作多声部的合音

语句停下或者音符继续

与喝酒的速度成正比

如果没有这个夜晚

诗意停止喷涌

我不会站在壶口瀑布的面前

与一群李白的粉丝合影

飞流直下的镜像居然不翼而飞

自庐山而黄河

自黄河而长江

老杜的京华旧梦散入烟雨之中

在兖州，在长安

老杜的思念飞扬跋扈

举杯论文，酒杯里的灵感飘飘欲仙

在秦州，在夜郎

一个醉舞，一个行歌

憔悴的漂泊者为斯人憔悴

话说元稹的飞天梦丢在驿站

捂着受伤的面颊奔出长安

一路与白乐天唱和

这些多余的素材

令其倍感伤神

漂泊在江陵饮酒度日

接到墓志的邀请

顿时清静下来

开始为老杜画像

眺望文学史的天空

寻找一个合适的位置

很久不下楼的闻一多

为这段相遇呐喊

居然兴奋得准备擂鼓助威

文学史为之颤抖

恍惚间忽视了高适的存在

这里与边塞的距离太远

有些人并没有从梦中醒来

林庚的登山者更形象

那个沿着上坡向上爬的

与下山的面对面

还原是否具备一览众山小的气度

我的课堂，诗人与学生对话

诗题与句子对话

某首诗与某个人对话

从拂晓到黄昏

朝日沿着弧线踽踽独行

直至夕阳适时接班

没入云彩的背后

一切话语在下班的路上反刍

晚饭前，吟一首《梦李白》

月亮与故乡的奏鸣曲

与内心晦暗的角落接壤后

澄澈无比

北门学士

有一群人，他们聚在一起，命题写诗。

选遍周边的器物，确定好落点，让文字飞起来。

降落的时候，会有美丽的女子，吐出评论的气泡。

不写诗，他们就围在皇帝的身边，出主意。

从皇宫的北门出来，松口气，舒舒筋骨。

美好的感觉还在继续。

那些按照格律完成的诗，一部分留在纸上，一部分埋在敦煌的石窟里。

这些熟睡的字眼被发掘之后，填补空白。

学者开始想象，还有不为人知的细节。

他们的名字在文学史上一掠而过。

三两声鸟鸣会唤醒阅读者。

他们的作品躺在全唐诗某册的页面上，仅供参考。

或者有考官突发奇想，让应试者提高一下知识面，把他们挪到试卷上。

这回有补考的了。

面对试卷，这些名字过于幽深。

也许有一天，他们的故事会从古墓中重见天日。

某个瞬间，总会增加一些趣味。

故事活过来了，诱惑着我们演下去，可以无限次地拍续集。

李 白

歧路多，你也要选一条开始跋涉。

有人说你是胡人，有人说你是汉种，你是文化融合的使者。

从碎叶来，到长安去，酒入愁肠，豪气和剑气让现代诗人们感叹不已。

那么多人崇拜你，那么多人敬佩你。

仰天大笑，你迈入长安的大门。

门里一片景象，门外一个世界。

你笑傲江湖的姿态不改。

帝王玩得兴起，让你写诗，写他的美人

的撩人之处。

这些活动让你骄傲,让你厌烦,让你失望。

于是,你把酒中仙的形象演绎得栩栩如生,平步青云的梦想渐去渐远。

抽刀断水,时间的河流并不停止。

卷走了泥沙,也卷走了珠玉。

你隐遁而去,山花烂漫中与人对酌,琴声悠扬。

一场战事扰乱了你的心绪。

你出山了,很快就成为历史事件的背叛者。

夜郎风雨交加,你的船航行在悲壮的路上。

千里的距离也只要一日即可归来。

你依然不服老,像传说中捉月亮的孩子。

成为战士的愿望还在。

可是，你真的老了，喝点酒就困倦无比。

这个被称为诗仙的人躺在石头上睡着了。

月光照耀下，他永远睡着了。

王　维

那个禅坐中倾听花落的歌者

走进自然的深处

画师

从容地站在深林里

弹琴，月光

照在你的脸上

辋川的青苔

隐去了

行到水穷处的观望

你的诗歌走进宫廷

走进山水

走进禅宗的语录里

发酵，而后

疯长在边塞的某个角落

与大漠孤烟同在

空门寂寥

凝碧池头

徘徊了一整夜

泪痕斑斑

点染了生命的纯粹

而后

你隐匿于迷梦之中

静坐，写诗

写诗，静坐

任凭硝烟散尽

任凭日月穿梭

寻觅故乡

寻觅那凋落的花枝

心门打开

再慢慢地

合上

霓裳羽衣曲唱到了第三拍

戛然而止

你没能逃离长安

梦想被月光泡在酒里

腌制成凝固的祈祷

与所有忏悔者一起默念

前世姻缘，剪不断

现世悲凉的发丝，剪不断

来世的未定稿

从古体到律诗

精心安排的生活从桃源到官场

从律诗到绝句

栖居的茅庐空门大开

许多年后

把酒黄昏之际

你仍然在蛛网里挣扎

看夕阳

落入大海

与王维一起散步

寂静的天空下

湖边的人们散步，狗跟着主人游逛

摇头摆尾地转圈儿，微风拂动

落花与树分离

准备与倾听者自由地并行

倾听者开始入场，湖里的鱼跳出来

游进话语的空间

巡视的眼神辐射

不能休眠，不能走神儿

沉默，接着寻求同道

调整姿势将之定格下来

不要哭，不要摇头，不要躁动

水穷就会云起

坐着还是走着

这是你的意象

不是我的

把时间内部的冲突消解

告诉自己一些理由

微笑着迎合漂浮的话语

左手掌有些冲动

右手掌立即附和

合议完毕

意念随之冲动

有些话语在大脑中架设一个天空

白蓝交融的天空

底色是蓝的

梦是白色的

梦飘走了

凝望或者冲着天空呓语

寂静的天空下

散步者和狗一起在回家的路上

你和倾听的话语在回家的路上

孟浩然

鹿门山，月光隐映在草丛中

孟浩然，站在旧庭院

归去来兮

春眠

醒来与星辰对话

不觉晓

品味幽独

一入诗便清淡如水

看云中飞鸟

看王维起起落落

于是

陶渊明如约而至

三杯两盏淡酒

花落

伴夜雨回家

知多少

房　琯

拍马疾驰在蜀道上

你的智谋一股脑地洒在马嵬驿

伴随的还有红颜泪

挥泪追赶

唐明皇的仪仗队

不能等

追上的临危受命

调转马头迅速返回

斜阳中瞩望

白云划出的弧线

贾舍人笔下的大明宫

与王摩诘对话

与杜工部对话

与岑嘉州对话

对话之前

一场战争的烽烟滚滚

不能告别往事

那些伤心的瞬间击溃你的布局

战车、铁甲以及秀才的智谋

满地狼藉

这不是你想要的

醉卧沙场

沙场不是你去的地方

去了再回来

幻梦破碎如落地的蛋壳

碎片接起来

难以完好如初

但你坦然欣然

开门迎客

听董大弹琴

静夜里清啸不已

被现实冷却的迷梦遗落在汉州的池塘里

任后人凭吊

赋一首长吁短叹的五言绝句

有四片荷叶落在水面

浮动着，浮动着

一起浮动的还有黄昏后的月影

杜　甫

村头的老黄牛

日暮时分还在耕田

证明活着的意义

杜甫凝视中转过身去

感时花溅泪

他拼命地写诗

如同播种一样排出了一道流水线

还没有走入官场

就踏上漂泊的长途

老人收敛了那份少年侠气

绝顶的日出转瞬即逝

他的寻索刚刚开始

逃命却成了挥之不去的主题

长安夜色大雁塔上的风铃

响动着沉默的声音

他在奔跑，不停地奔跑

到了行在

惊魂未定地找到目的地

一夜之间

最初的心花怒放

刀光剑影从马嵬坡散开

杜甫痴心不改

皇帝的身边他的谏书

渐渐从案头移走

而后，老人重新上路

潼关，华州，秦州

他的足迹居然是一段历史的省略号

诗歌是艺术的眼睛

也是生命的灵魂

沿着地图行进

入蜀

大西南

融会了一个人孤独的背影

一个王朝孤独的背影

老人的述说

随着诗歌的节奏铺展

定格在岳阳的一条船上

船儿悠悠漂荡在水中

诗人回望京华

无语地挥一挥衣袖

躺下再没有醒来

这是寂寞的时刻

许多人正在工作

许多人正在歌唱

许多人沿着仕途的风向标翻转

而我们的诗圣

完成了对自我的书写

已然

进入梦乡

行路的元次山

这个鲜卑汉子跃马扬鞭

烽烟起，激情随之而起

把写好的文字放下

放在山洞的角落

剩下铿锵的节拍随嗒嗒的马蹄作响

你的世界有山水清音

你听之任之

听出了恢复盛世的强音

任他风云变幻

击退强敌，你给官吏写诗

告诉他们被忽略的细节

有些图景早已被屏蔽太久

难以让人直视

残线脱落，线上的纽扣脱落

谁还会循着旧针脚缝缝补补

等待

坐在山水之间

让灵气灌注全身

直到烽烟散去

重新厘定文字

书写夙昔一点一滴的喟叹

对话者是老杜

读你的诗生出同样感慨的行者

这些你或许不知道

知道了也只是会心一笑

家族中辉煌的这个和那个均渺无踪迹

你的孤独放在篓中

借他人的旁白发声

曾经侍坐一侧

从鲁山的眼神中寻求答案

坐在静夜

坐在山水之间

把写好的文字放下

放在山洞的角落

剩下铿锵的节拍随嗒嗒的马蹄作响

元　稹

我知道，崔莺莺就是嫁给你了

决不会幸福，曾经沧海

也是不错的过程

辛苦地活着

从追梦到寻梦

你的角色

一如月色朦胧

还得麻烦后来人

兴味盎然地考证

白头宫女倾诉着青春往事

你踉踉跄跄地行走在仕途上

太监一挥手

两颗门牙作古

你只剩下一肚子的苦水

和远行的身影

风萧萧，风向已变

宫廷里演绎着迷人的诗篇

人间正道还是

荒郊野径

你在路口一头雾水

终于，走进一片丛林

游戏中的怪兽把你打倒了

与白乐天的唱和

贴在坏壁上

被一遍一遍地摹写

而你，难以自拔

陷入婚姻与宦海

迷失于丛林

迷失于炊烟升起的茅屋

此刻，我手持书本

正是午后

与元才子话杜甫

小时候，只见过雪

想象两个黄鹂的样子

你和我一起读诗，读柳树与雪的故事

那个叫杜甫的人很有趣

还会与大自然合唱

进了长安，大道通途让你走

遇见采花的宫女

遇见寂寞的红颜

这个元才子

走着走着不弯曲

妻子走了

脸受伤了

梦醒之际，一路独行

与白乐天对话

与江陵对话

你病了

元和八年的春天有些萧索

老杜需要安息

他的故事需要讲给后人

诉诸你笔下的

往事历历

爱上李白的狂

爱上杜甫的痴

我和你求索的顺序一致

我们举杯狂饮不看人

我们摇头赋诗倍伤心

歌罢梦已破

梦破心亦伤

与小时候不一样

山水挡不住官场的吆喝声

乐府的频率如此坚硬

小词的妩媚如此销魂

老杜的步子竟然慢了半拍

停停走走

未能和上董大的琴声

你走在老杜的后面

我跟着你

看你从江陵回来

看你向通州奔去

长安的月色伴你的脚步

回到高位不胜寒

于是，你与浙东的诗人们一起写作

与浙西的诗人们一起唱和

韦丛而后

安氏伴你哭泣

狂饮中欲罢不能

安氏而后

裴淑与你同行

同行中弦歌不辍

七弦琴静止在某个音节上

和我的蹩脚诗共同沉默不语

历史的余唾并没有放过细节

一旦关于宦官的影像上演

便把你翻出来

踩在脚下

置于泥泞的路上

晒晒

那些晾干的诗句

有点脏，伴着腥臭的味道

洗洗涮涮

依旧留下老杜的余脉

荧光闪闪的符号

跳动不已

与落日共枕眠

白居易

燃烧的火焰

渐渐熄灭

你的诗献给皇帝

献给群众

献给自己的就谱上曲

有琵琶伴奏

青衫湿

江水寒

拭掉尘土

重新拾起马嵬坡的故事

长生殿生长了帝王的爱情

杨玉环与莫愁同在

一个起跑线上

你的诗一如波纹

被传唱

被书写

最后藏在寺院里

远离尘嚣

政治场上的博弈

无法掩饰疲惫的身心

桃花灿烂

隐没你的身影

隐没激情

每当焚香独坐

谁能读懂漠然的眼神

晚来天欲雪

饮下一杯淡酒

与远去的友人对话

是你吗？让我写诗的老游子

这个时辰，你要归来

一个久远的故事正在上演

你必须静静地坐在这里

看潮来潮往

旧庭院

西风吹动春水

刘禹锡

石头城的上空

一只野鹤旋舞在秋风里

走进玄都观

藏起不屑的眼神

回首的刹那

还是被诗出卖了

前度刘郎将朗州的月色

带到长安

长安米贵，老母亲与你一起发愁

于是，寻找旧时王谢

寻找白乐天的小火炉

柳子厚先你而去

元才子先你而去

白乐天先你而去

扬州的旧作此刻被翻新

病树夕阳

无法挽留酬唱的韵脚

龙门石窟的看客渐少

卖门票的窗口已经关闭

这时候你蹒跚而至

试图翻墙而入

想看看白园的韶华

如果被门卫抓住

一定会拷问

夜宿香山寺的那晚想些什么

柳宗元

长安的月色真美，你只顾着追逐。

追着追着迷途了。

一纸诏书，就要远行。

路途漫长，你从长安出发了。

一座城市的名字伤在心上。

渐渐尘封的那段往事写在纸上。

长安大道装不下你的故事。

只是这次交通事故让你隐去，隐在寺院里。

你踱步到屈原的故乡，被迫选择焦虑，选择让自己快速燃烧。

然后，捧着灰烬，书写世界未来壮观的图景。

大道如青天，你的出路在哪里？

亲人一个一个被目送走远。

你的孤独从永州延续到柳州。

散上峰头，散去了。

远望若即若离的前途，你不断写信，说着说着，满纸辛酸。

好在还有一张饼，让你画出蓝图。

柳宗元，你的沉默，你的辉煌，成为一生的两个段落。

如果谱成曲，曲高和寡，从高音到低音的巨变也会难倒后来者。

韩　愈

你模糊的眼神，闪烁着执着的亮色。

想看清这个世界的人，打开《孟子》，
打开通向思想的窗口。

云来云往，宦海浮沉。

前线的一场战争成就了你，文字写在碑
上又被磨平，你的性情经得起打磨。

佛音缭绕中你屹立不倒，一阵波涛就被
卷到了潮州。

熄灭心灯的路径一片暗黑，你从山石间
找到通途，看逝去的风景。

你踏上大道，没有星光，只有三三两两
的信众和你同行。

祈祷吧，龙虎榜上的名字正在淡去。

往事随波逐流，你浮出水面。

写给侄子的诗，是空中的足音，响了一阵
又散了。

你是韩昌黎，草色中遥看的张十八员外
向你发难，向你叩拜。

你开始了一次次论战，一字一句都是师者
的本色。

扶摇直上，你依然不熟悉官场的潜规则。

依然在月色中徘徊。

寻路者，请快快醒来。

千万别随之睡去。

李　贺

油壁香车，苏小小来了。

你把写好的诗揣在兜里，期待一场艳遇。

小毛驴驮着你，去寻找生命的影子。

遇见马，你想要快走，去追赶秋天。

女娲炼的石头居然抵挡不了雨的诱惑。

意象，意象，意象，你的记忆里，诗的灵
魂迷失了。

梦倒是一个接一个地来。来得快去得也快。

你收获的成果只有诗，装在锦囊里发酵，
而后黑云压城。

你把很多故事都写进文本，让它们替你说话。

你终于住进梦里，等待神仙的召唤。

读李贺会想到孙少平

旧锦囊装不下平凡的世界

女娲手里的石头

灵光闪动

众生喧哗

只有孙少平进入你的视线

并非门当户对的恋爱

翱翔后

换一种方式猛然坠落

那些荡起的波澜

重新恢复平静

于是，在行进的途中

有人常常盼望看似优雅的女子

冲你招手

用一次偶遇

点燃青春期的荷尔蒙

你另辟一条被现实照亮的蹊径

走着走着

便从乱入花丛的野蔓

找到开心的那朵

为未来画上省略号

故事的窗口开开关关

追求事业的激情潮落潮起

梦想在时间的煎熬下

撞上多雨的秋季

将诗鬼的意象

融入矿灯与煤的对话

杜　牧

住在青楼的诗人啊，你醒来了。

坠楼的绿珠已经从金谷园复生，爱情的魔力惹人疯狂。

你写了很多女性的故事。

笔锋一转，历史的烽烟正在升起。

楼台烟雨中的寺院已经作古。

赤壁残余的铁器已经无法复原战斗的图景。

你只能想象，项羽死而复生的可能性。

坐在书桌前，研究兵法，建议一条一条

地陈列在纸上。

点缀在山水间，为你的仕途布景。

深一脚，浅一脚，你的洒脱还在。

浅一脚，深一脚，你的忧虑还在。

你的诗在时间的峡谷里回响。

商女歌唱完毕，将菊花插满头，那是绚烂的青春往事。

吹箫的玉人站在月光的深处，为江南的秋天演奏安魂曲。

你有处安身，无处安心。

站在阿房宫遗址的门口徘徊，看鸟来鸟去，悟人歌人哭。

时间定格在历史的瞬间。

溜冰时想起李商隐

人生要有那么几个冬天

让你不知所措

如果可以在场上舞蹈

你一定会笑对夕阳

你是否看见我缓缓而行的姿态

要倒下又要前进

偶尔

掉进冰缝里

于是，想起你

想起那个

沿着小径书写无题的歌者

冰面光滑

而仕途布满了障碍

你的四六文铺排在成长的起点

一开始就注定风雨交加

正如我面对冰鞋

不合脚但是还想穿上

以轻盈的姿势

幻想华丽的舞步

一边是老师

一边是妻子

从这头到那头荆棘密布

冰鞋上还闪着刺眼的亮光

昨夜星辰

辉映在某个夜晚

你若即若离

细雨流淌入诗

滋润了干涸的心田

助跑，滑行

拐弯处心猛地一沉

用手掌握平衡

斯文不坠

你叹息着登上乐游原

许多人上去又下来了

你上去不想下来

学溜冰的人还在晃动

晃动的丛林里

或许能找到你的影子

你想看风景

原上并没有渴望的风景

你不想看风景

风景便成为一种媒介

定格在午后

定格在黄昏

定格在晨曦

老调子弹完了

新曲目还没有出炉

我摔倒在冰面上

爬起来抖抖身上的碎末儿

你能看见吗

艳羡的眼神里

冰封了拉长的伤感

你拿起笔

把自己包起来

躺在梦里

躺在历史的册页里

顺着时光的隧道

嵌入文本

当我脱下冰鞋换好装束

有一首诗

毫无征兆地扑面而来

与李商隐对话

心有灵犀

隔山望水

那只青鸟禁不住诱惑

凌云而翔

传递的浪漫断断续续

雏凤远游

如转蓬旋动暮色

未到高处

已有寒意袭来

往事以无题落墨

这是失序的季节

锦帆起航

收起昨夜星辰

收起巴山夜雨

写满纸笺的心绪

铺开，扩散

听雨的枯荷

犹似风中的芦苇

游思无依

风从哪个方向吹来

趁天色已晚

迅速隐去

庄生一梦醒来

模糊的铜镜照不出旧时颜色

晚唐钟声

传递的正是你的心曲

激越而幽深

硝烟散尽

战场上

阴魂悱恻缠绕

唯有一角月光

透过闺阁的缝隙逡巡

韦　庄

洛阳的亲友不回来了，你的孤独渗入酒里。

一声"呵呵"，言有尽而意无穷。

六朝烟水，隔断了大唐日暮时分的光线，

蜀道上，烽烟渐渐散去。

你的词成为花间的一部分，似花还似非花。

佳人在唱，你在听。

你醉了，听着听着，辨不出纯正的中原

音韵。

洛阳才子，你手写的那首《秦妇吟》怎

么丢了？

那场战争被称为时代没落的分水岭。

各种抄本藏在敦煌的千佛洞里，直到某一个时段，被发掘出来，重新考证。

科场上的坎壈蹉跎居然没有消磨掉你的锐气。

他乡无故知，你独立寒秋。

对酒当歌，记忆的碎片很难拼成完整的图画了。

偏安于一个角落，你写的歌词中蕴含着无限感慨。

你只想说点自己的话，说不出来的留在心底。

说出来的成为新王朝的平安符。

为东坡之半生画像

一

密州的夜，通向千里孤灯

灯下的神女等你归来，等

一丝丝白色的寂寞

和爬在墙上的壁虎同行

不说什么，算好日子

骑驴出发，不停蹄

夜被折磨得现出炫人的幽光

月亮躲开了，唱歌的伊人躲开了

风躲开了，子由的思念还在

独酌而后对饮，蹇驴嘶鸣不已

聚聚散散，硝烟起

子弹穿过丛林，雾随之而来

逃跑的动物被捆住手脚

再凶猛的动物也禁不住不计时日的追击

二

想要发现什么，搜寻

角落里的蜗牛快速遁逃

追梦的步子停停走走拐入小巷深处

灰尘与书卷共舞，你与阳光争夺领地

占领了亦不过尔尔

陶醉后，无法入眠

当时的感慨居然抵不上一首诗的魔力

牵着你的，是无法羁绊的时间

被油炸过的时间膨胀起来，不断地延长

想要缩短，只能闭上眼，与梦隔离

闭上眼，关窗上锁

把钥匙抛进汪洋大海

会游泳的，扑进去

捞出一些海藻，乱了记忆

三

地图上的标注不算显眼，你的目光

转向踏查的汉子，他没有表情

陷入深谷的幽暗向谁招手

坐在圆桌的左边沿，觊觎中心位置

极具诱惑的表演延续着不停止的节奏

差距，这是差距，且不可弥补

过山车开始下坡了，要承受的

一样不少，这是不是起点的起点

当初划出的界限早已消失

无法追责，乌台诗案将你的人生一分为二

一分为二的，还有等待滋润的梦境

黄州的雨围困你，颤抖的手

地图上的界碑破损不堪，碑上的名字

漂在水上，风起波涌，卷入被礁石打磨

的巨浪中

四

门禁开始，用带着公章的笺纸通行

别哭，爱来不及释放便无影踪

没想到会重新回来，打开半掩的门

街上的糖葫芦一直在等你

粘一下牙，才确认昔日的味道

已然无法找回现场的那种感觉

柳七郎的词正在流行，侧耳听听

风月场，尽情调笑，无落泪者

行到半途，退出来

退出来，行到半途堪惊

清空过去的自己，只管喝酒

哪怕醉了，吐在西湖边上

留下诗意与游客一起狂欢

我们总会忘记某些一反常态的历史图景

乌台诗案

第一次走进陌生的楼道

在灰尘丛生的书店一角

拾起你的《前赤壁赋》

拾起粉笔

讲台上洋溢着超脱的风采

这就是你吗

被牵引的丧家之犬

这就是你吗

想要和鱼一起游于江河

这就是你吗

把写给子由的绝命诗折叠系在蝴蝶的翅膀

宣判之前，观众如云

有人笑你执

有人笑你狂

有人皮笑肉不笑

等着看戏

演员非常投入

观众非常期待

吃鱼，这是最后一次享受

舞台已经搭好并预示可能的结局

你却从囚居的牢笼里走出来

拼图破碎

诗人向黄州靠拢

哲人向黄州靠拢

罪人向黄州靠拢

长歌刚好伴愁肠下酒

喝多了，就在雨中漫步

品清风明月中的烽烟滚滚

品世态炎凉中的寂寞难耐

清歌入梦

与柳七郎的婉约对抗

与秦少游的深情对抗

与黄山谷的活法对抗

这些都是后话

监狱进过一次就够了

出来时弟弟在接你

茶禅一味，喝下的是不谙世事的代价

看看呱呱坠地的儿子

无灾无难

镌刻在岁月的岔路口

李清照

菊花开处

小女子柔笔一转

就是一阕深深的思念

那个人就要出发

小园香径飘落了满地月光

月上西楼

谁会把闲愁小心地收藏

短笺片纸

写满绿窗人的心事

沿着宋高宗逃跑的方向

手捧宗器的女人

揣着失落的挽歌

正在追随

音乐响起

已收容不下寻寻觅觅的眼神

菊花凋落

最后的绝唱

写在金石录的前面

点点滴滴是离人泪

我们尝试着读懂辛弃疾

黄花菜、蒲公英飘落于乡村的脸上

倾听孩子们的故事

马车、牛车的碾压声不绝如缕

春天在原野上奔跑

气吞万里如虎

集聚后，孩子们分成两伙

扮演各自的角色

沙场点兵

站不直的，就会被柳条问候

这是一场永远分不出胜负的战斗

除了装死

相关的情节都会发生争执

沦陷区的月亮落下去

你的壮志升起来

向北，向北

向南，向南

历史学家难以考证你的思想

冲进敌营的场面变得模糊

唯有那个叛徒

认真地看了你几眼

却无处逃遁

却无处逃遁

你在官场吟诵

你在田园吟诵

乌纱帽淹没在豪放词的大海里

随颠簸的步履

起起伏伏

收拾行装

刀枪入库

边陲小镇的风景挡不住大西北的风沙

关上窗子

一位英雄的往事

流淌在文学史的湖水里

诸多生灵游在其中

不妨换个泳姿

上岸后，接过浴巾

揾英雄泪

把《红楼梦》放进购物车

把《红楼梦》放进购物车

把林妹妹放进购物车

把薛姐姐放进购物车

捡起落在地上的玉

捡起刻着字的金锁

把梦遗的贾宝玉扔下车

把龌龊的薛幡扔下车

下单

谁报警了

逃跑

遇上警察

林妹妹救我

薛姐姐救我

或者

把《红楼梦》放进购物车

拒不付款

让林妹妹以泪洗面以血写诗

让薛姐姐望着宝玉愤怒地发呆

一段关于爱情的图景在归途中徐徐而行

鲁　迅

那个想给人看病的人

一转身

用文字治疗

说话的姿态

倒下后

成为一座雕像

他坐在书房

把玩汉魏风骨

那个给故事写好结局的人

想不到

故事一直在上演

而且

不用虚构

连孩子也在起跑线上迷失

他坐在书房

把玩吐出的烟雾

沈从文

从三三的家门忐忑不安走出来的年轻人

从湘西某个吊脚楼的缝隙走出来的年轻人

浮在水上

浮在写着文字的水上

浮在翠翠的小船里

摇落了一身暮色后

向落晖告别

钻进铜镜找出古典的影子

钻进服饰穿出一条浅浅的足印

后来者

照你思索

写给五十岁的海子

诗歌已经被停放在殡仪馆的窗子里

只有祭奠的时候

才会与春天的麦地相遇

然后，想起

你和铁轨的故事

那个年代，你抛弃了诗

分手的后果

是一场风暴不期而至

哭和笑都和你无关

或者说都和你有关

京东快递员催我交钱

递给我装有你的诗集的袋子

诗集已经和那些促销的商品一样

半价后还要优惠

这是你看不到的

五十岁的你如果继续面朝大海

是否会一头扎进去

与杜工部的《春望》合唱

俘虏后的悲凉

被淹没的

还有一种叫诗的产品

横躺在荒芜的博客里

发酵

如今，你停在一艘抛锚的船上

年过半百

救你的水手依然兴奋

他们把你冷冻了

和那箱一直没喝完的啤酒

等候春暖花开

三月·海子

逃跑的海子

与三月的每一天

一起抵制

隔壁倾听者呼风唤雨

女巫站在台的中央

口中念念有词

春天，十个海子出现

春天的海子亢奋地将诗歌的叶片撕裂

俯首细数铁轨的刻度

静待撞击

火花四溅

夜空中闪动的荧光突然熄灭

回归的海子

会缩骨法

被三月掩藏在受伤的胸口

寒意是一剂良药

顺着伤口散发刺鼻的酸味

于是，搁置梦

趁女巫打盹的一刻迅速奔逃

那个红衣少女手持诗集

等你签名

等你写一串蹩脚的音符

演唱之后

便是神灵附体的舞蹈

你是海子

你是海子

穿透三月的禁忌

躺在无人问津的桃花源

陶梦泽为你吟诗

曹孟德为你挥槊

关云长已经从沙场归来

却被你提前饮了那杯尚温的烈酒

酒杯破碎

桃花洒落一地

你匍匐在桃花上

为出生在三月的红衣少女写诗

穿越古典

丢弃种子的行者，在夜晚

与墙壁一起奔跑

计算步数，他永不抬头

幽州台过了

凤凰台过了

吴宫的花草黄了又绿了

剑客骑马疾驰在寻找霍小玉的路上

李益的诗还在发酵

诱人的味道引来一群蜜蜂

可能会把爱神赐予的针扎在心上人的胸口

这不是我们想要的结果

隔着生死线

古雅的泰坦尼克号没有沉没

爱情没有沉没

短暂的隔离不可避免

行者盼望逃离残冬的守候

春暖种下种子

花开寻找种子

那条携手漫步的小道

禁不住唐帝国日暮时分的斜阳照耀

当我从石灯塔走出来

你会在等我吗

我们相逢在古典时代的暗夜中

玄武湖一脸惊愕

一夜苍老

布满皱纹的面颊与我们惜别

那一晚，大汗淋漓地背起行囊

火车上的嘈杂熟视无睹

倒在你的肩上

倒在盛唐的背影里

酣睡

醒来之后是漫长的发呆

第二辑

唐音余韵

一叶落下，古典的寒意落下
飘去的秋天躺在谁的怀里
我想从顺风的一面去追赶
阳光并没有躲起来
诗人的背影翩翩而至
他们写下的文字备我下酒
酒后的秋夜寂静而温暖
于是，我想从诗句中采撷几许绿色
装点空白的纸页
此刻，阳光并没有躲起来
一叶落下，古典的暖意落下

看一滴水落入湖中

看一滴水落入湖中，水与水之间
开始合流，湖刚展开宽阔的臂膀
来不及去拥抱一下，欲把梦冲破

坐在梦里的，纷纷用自己的泳姿
离开现场，剩下一弯月独自悬着
她不说话，敛首低眉，呼唤灵感

灵感不来，她的梦旋转圆中有缺
刚买回来的月饼被谁咬了一小口
青红丝拖着伤残的身体炫耀味道

曾经令你望而却步的味道，如今
寂寞难寻，难寻洒满月光的小院
难寻那个鸡窝以及热乎乎的鸡蛋

喝鸡蛋水的爷爷，仍用毛笔写字
大红纸一铺开，墨色已遮住静谧
梦趁机点燃雪地点亮了暗夜的眼

那些奔跑的生灵，竟然会不知道
这条路通向故乡与他乡的岔路口
菜园子摇摇晃晃，那闪动的绿啊

看一滴水落入湖中，水与水之间
听一声脆响之后，彼此保持沉默
要好好地拥抱一下，勿把梦冲破

归园田居

野草自由生长的速度超过豆叶

寄出问号，仍然要挥锄前进

戴草帽的过客

知道除草的路漫长

蹲在垄沟

看绿色一路蔓延

梦与现实并置

彼此纠结，超过黄昏蛙叫的频次

足以超过课桌与课桌之间的距离

微风轻拂，细雨斜落

一阵犬吠，路上的行者被围攻在中间

咬住锄头，种种示威的表情无数次再现

诗意顿时消散

面具揭掉一个又一个

终于，捂着伤口回家

记忆总是这样刺激你

卑微占据思想的空间

久久不肯挪位

为什么蝈蝈会选择正午轰鸣

我们无法回避去叩问某些生活的细节

野　望

　　看你的样子如此憔悴，酒意褪后的余韵还在。

　　前朝梦忆中牧童的笛子依然是旧颜色？

　　奏出的曲子哀怨多一些还是凄凉多一些？

　　曲高和寡，你登上东皋，暮色迷茫中透着亮光。一半被遮掩，一半显现出来，看看周围，属于你的空间还不到一半。

　　举起酒杯，无枝可依的鸟儿飞来飞去。哪一只最愿意和你说话，停在酒杯上啄一口，以示对你的仰慕。

　　你笑了，酒杯里流动着想飞的心情。

采莲曲

校园人工湖的莲花开了。

每次走过，你都停下来，看看她在水中的样子。

古典的意象开始涌动。

采莲的女子不来。远处的游鱼不来。婉转的歌声不来。荷塘月色下的诗人只好回家了。

闭门思过。

待柳梢头的月亮看你，像看情人的眼泪，像看沉落的夕阳。

寂寥的校园只剩下这几朵莲花和你说话。

你数着她们的颜色度日。

一旦她们缄默，你就会坐在书桌前，写采莲女的梦呓。

白头吟

青丝与白发隔着时间。

她愿意和你一起卖酒，斟满一杯，看你
的文章空中飞舞。

舞毕，就是温情的对视。

花落春就去了。你的手里鞠一捧花瓣。

青春的颜色渐褪，凝视你的目光移开。

你的舞姿还在，骑马倚斜桥的过客还在，
写诗的人还在。

就这样看着你，像看飘动的炊烟，像看
迷途的老马。

就这样看着你，谁也不许转移视线。

往事浮上来又沉下去。

黄昏的鸟雀叫着叫着，飞走了。

春江花月夜

幽静恬美的夜晚，我们独坐。

幽静恬美的夜晚，你独坐。

幽静恬美的夜晚，我独坐。

潮水舞动，在大海的怀抱里。

明月升起，月光沿着广阔的海面延展。

江水在月光下流动。

没有风，原野花草丛生，除了静谧还是
静谧。

月光倾泻在花树上，像洒上一层洁白的霜。

江天一色，只有一轮孤月那样分明。

谁最先在江畔凝望月亮？

谁的身上最先洒满江畔的月光？

江水曲曲弯弯，

月色撩人，江水随之流动。

故事在流动。

白云一片一片飘浮着，清风浦的愁思飘

浮着。

走的走了，来的来了。

执手相看泪眼定格为黄昏的符号。

游子已乘舟远去，明月楼中想念的人啊，

在月光下种植无尽的思念。

楼上的月徘徊，人也徘徊。

远方的游子期待早日归来，闺中的女子

望眼欲穿。

江水流动，春天就要过去了。

月要西落，不知谁会迎着落月归来。

月光把一腔幽情带入到满江树影之中。

第二辑
唐音余韵

凉州词

没去过那个地方也可以写诗。

写诗的人对那个地方神往。

唱一分悲壮，唱一分豪迈，唱八分思念。

醉卧沙场的不是战士。

羌笛响起，面对月光的不是诗人。

喝一口六十度白酒，我也深受刺激，于是，

布下文字的风景寻你。

写诗的人，边塞的风很硬。

吹破了玉门关，就会殃及池鱼。

弹琵琶，吹笛子，闲情升起。

与战斗的号角相比，这种娱乐过于奢侈。

刀枪入库，谁来扶起马嵬驿倒下的杨妃？

酒喝多了，就会摇晃，就会把心里话说出来。

话说多了，战斗力就要减弱。

武士不能多情。

我没去过凉州那个地方。

只是在呼伦贝尔草原心惊胆战地骑一会儿马。

差点掉下来。

去过那个地方的人不一定写诗。

写诗的人已经在那里悲壮地长眠。

感　遇

兰桂飘香，美人还在深谷遥望什么。

想起做飞熊梦的周文王，钓鱼的志在钓一个知音。

想起做蝴蝶梦的庄周，梦醒后叩问存在的风景。

看风景的人不在桥上，而是在等待的途中。

古人的故事还要追寻。

来者的踪迹还要追寻。

如果前后无人，巨大的孤独感就会滋生。

犹如武功绝世的侠客找不到立足之地。

这个地方一定要有人，而且有高手。

打败他你才能站得更稳。

想象的图景，你的十八般兵器已经摆好。

选择任何一种都游刃有余。

对手已经准备上场，你施展的机会来了。

于是，歌声先是响起。

你肃立倾听，定好胜利的调子。

范蠡与西子偕隐是最理想的结局。

兰桂飘香，美人还在深谷遥望什么。

一旦走出深谷，身在庙堂。

你会祭奠居留山中的日子，那些花儿，

那些草儿，并没有更多的祈望。

梦如果破灭，祈望的永不复返。

行路难

离开家，我走了两个小时。

摸摸兜里的两元钱，继续向前走还是坐车回去成为一个难题。

直到现在，时常拿出镜子，照照。

我坐在小店的门槛，难以抉择的场景。

为什么刹那间选择了退缩？

行路难，说的是行路的人。

行路难，说的是眼前的路。

不爱行走的人，望路生畏的人，不要怕。

其实路走一走就熟了，人一旦上路也就无须回头了。

李白就是一个找不到路的人，总是误入歧途，然后寻找解脱的出口。

可是他天真，他要浪漫地闯入官场。

该喝酒喝酒，该写诗写诗。

写完这首诗你就向官场进发。

写完这首诗你就从官场收身。

与官员同在，就要去游说，看主人翁的脸色行事。

与云霞同在，或者去耕田，看陶渊明放出的归鸟。

游子吟

母亲都不爱蒸馒头了，对面的馒头店只需要两分钟就可以往返一次。

她喜欢静静地坐在沙发上，向我讲述我过去的样子。

故事还很年轻，母亲老了。

我已不再年轻，母亲老了。

母亲老了，希望我在她的身边，听她讲关于我的故事。

我匆匆见她一面，要赶回来爬格子。

写母亲看不懂也不想看的文字。

写我能看懂却不想看懂的文字。

这些文字太老，太丑陋，与母亲的故事相比。

每次回家像是一次短暂的旅行。

小时候母亲缝的衣服穿在身上很暖。

爬树的过程中就撕裂了，不敢回家。

其实，回去也就是训几句。

再一针一线地缝好。

故事没有继续轮回。

妻总是在网上订购，试试大小，孩子就穿上。

补个扣子算是奢侈的事情。

故事可能以另一种方式继续。

那要等孩子长大，走出去，再回来。

闺　怨

君怀良不开，待字闺中，你就不会有怨。

好在不是深宫里，那个人离你不远，也可能一生难得相见。

你独自感受吹过的风，独自说话，风成为你的信使。

信能否传出去无所谓了。

你真想把思念的人困在这里，让他陪你到老。

他是男人，男人就是要闯世界，给你安全感。

只是他走了，你的安全感一同消失。

剩下孤独伴你左右。

来来往往的人，你都不理。

月亮升起来，你和月亮说话。

太阳落下去，你和黄昏说话。

暗夜到来了，你和萤火虫说话。

说那个男人孤独的样子，说雾起时一片迷茫，说天已凉秋天到了。

说完就倚枕而眠，梦里与他相见。

饮中八仙歌

从酒宴归来，老杜睡不着觉。

爱喝酒的人真是可爱啊，他们喝多了就
会原形毕露。

掉到井里的，对酒当歌。

挥笔疾书的，借酒述怀。

醒的羡慕醉的。

如果没有酒，他们不会打动老杜，不会
在他的诗里集合。

如果失去盛唐气象的背景，他们分别出
现，故事就要重写。

哥们儿，好久没见了，咱们坐在烧烤店，

说上几句心里话。

你在官场，我在书山，借着酒劲称兄道弟。

两伙人因为谁先上厕所打起来了。

老板报警后，警察来了。

故事一波三折，喝酒的劲头在喧嚣中荡然无存。

走出烧烤店，老杜也许就会愤激地写朱门的酒肉生活。

写他扣富儿门的辛酸，写他奔赴行在的苦旅。

文字铺排开来，终止在一条船上。

斯人独憔悴。

登　高

居高声自远，那是蝉的姿态。

登高以望远，那是你的心态。

风急天高正是你要的布景。

猿声不断，符合你此际的情境。

这是秋天，悲凉的秋天，你在秋天感到
悲凉。如果换成春天，你就会继续说感时花
溅泪，季节成为你驱使的小卒。

读这首诗，我想象你的样子，一定是白
发苍苍，满脸苦相。

王摩诘登高想念亲人，杜牧之登高厌倦

尘世，范仲淹登高胸怀天下。

你登高是因为百年多病，一杯酒还没喝完，眼泪就止不住了。

和秋天对垒，想想晴空的那只鹤飞得多高啊。

你想念的李白已经在秋天走远。

你想念的郑虔已经在秋天走远。

剩下你寻寻觅觅，在秋天歌唱，密实的韵脚从大唐落下。

点缀在我眼前的纸页间。

佳　人

　　乱世中独居的美女，困惑身份的迷失。

　　翠竹丛里的身影显现出往昔的贵气，零落如草木，回归自然的感觉消解不了纸迷金醉的日子。

　　回忆，回忆，幽居空谷中的你讲起故事来如泣如诉。

　　汉武帝和李夫人的故事从人间转到了天上。

　　传下来，传下来。

　　倾国倾城的分量在时间的鼓吹下依然如旧。

家族的荣耀已然成为过去，剩下你，成为遗弃的孤儿。

躲在这里，外面乱世的风云变幻。

我们的诗圣听说了你的故事，他不断地感慨自己的流落，而你和他一样，找不到归依的处所。

于是，他的笔下开始生辉。

把自己的影子装进来，发出命运无常的叩问。

佳人如老杜，老杜似佳人。

那些秦妇汉女，风花雪月的时候都是一样的感伤，淡淡如烟。一旦礼崩乐坏，同样会哀怨又彷徨，她们身不由己，行走在奔波的路上。

壮　游

游到齐鲁，游到燕赵，你看山的时候，
想"会当凌绝顶"的图景，你看水的时候，
想"月涌大江流"的情态。

游到长安，你开始沉思。曲江水边的丽
人，长安贵人的宴会，都让你视野宏阔。和
高适、岑参、储光羲相遇，你们登上大雁塔。
你看见飞翔的黄鹄，突然悲从中来，一句"哀
鸣何所投"告诉我们所过的无枝可依的生活。

我去大雁塔的时候，大唐的踪迹已经难
以寻觅。大雁塔上面小儿到此一游的字迹斑
斑可见，我选择你站立的姿态，故意眉头紧锁，

想找找忧患者的诗意。

可是，朋友们满心欢喜地照相，摸摸玄奘的雕像，仿佛都从极乐世界归来。

我得与他们合拍。

原来你的忧伤过早地淹没了快乐，承担了时代赋予的一片闲愁，你的步履如此沉重。

此曲只应天上有，不知道你是否欣赏过王维的乐器表演。

飞扬跋扈为谁雄，知道你羡慕李白喝酒待人赋诗的大度坦荡。

盛唐气象在你的身后回响。

你多想像自在啼叫的娇莺一样，找到栖居的大树做个安乐窝。

你在长安的四周游荡，长安大道通向四方，就是没有你的出路。

你的大赋献给皇帝以后，烽烟四起。

逃难，离职，奔波，长安的月色黯淡下来。

躲在草堂里，你写清新的诗。也喝点酒，说点胡话，和严武发火。

酒醒之际，你会想起壮年的往事，唏嘘不已。

琵琶行

邀请商人妇为你演奏

江州的夜色苍茫

胡儿到女儿的空间会燃起战火

女儿到妇人的身份会发生变化

靖安坊的血光之灾

让你跃马扬鞭

行走在长安到江州的路上

这是人生的岔路口

多年以后

夕阳下倚栏凝望

不必叹息

元才子病中惊坐起

为你辨识琵琶声中的感叹号

正如你安抚他面部受伤的一片冰心

不说了，不说了

听京城来客的追忆

那图景中有你一半的身影

另一半笼罩中唐

历史的后半夜拉开帷幕

淮西的一场大雪是琵琶声中的急雨

部队的无声无息是琵琶声中的细雨

躺在玉盘上的吴元济

垂下头颅

你无法确定

哪根弦拨动了自己的心事

拨动了江州的某棵野草

枯黄的野草春风吹又生

默默无语

埋葬这段青葱的过往

与元才子对饮

与裴丞相对饮

与刘梦得对饮

三杯酒下肚后

困意与诗意一起袭来

长恨歌

诗人洛夫曾经写过一个长篇，笔下李杨爱情的情节疯长，绿草丛生，掩映其中的是对纯情的渴望。

李隆基是个皇帝，皇帝就要上朝，就要议事。

前朝和后宫之间剪不断，理还乱。

把儿媳妇纳入后宫，故事的主人公并没有改变。

一人得宠，家里人都跟着沾光，谁也没去想树倒猢狲散的那天。

老杜的诗写过杨家人炙手可热的景象。

杨玉环的霓裳羽衣舞跳到了高潮部分，舞破中原，戛然而止。

逃难的时候，皇帝就顾不了许多。

江山要紧，美人的结局可想而知。

当一切成为往事，皇帝才会在失眠的时候，想起逝去的孤魂。

才会让神仙道士作法招魂，找来的也是梦幻的影子。

这个影子只是回忆的资本，失落之际为之哭个三两声。

有一天，陈鸿和白居易相遇，聊聊天，关心国事的年轻人激情勃发。于是，要把过去的故事变成现实的样板。《长恨歌》应韵而生，读着读着，陈鸿也痒痒起来，把白居易的诗情转化为叙事的小说家言。

我这样说一遍觉得很枯燥，也很窘丧。

这是真实的背景，信不信由你。

至于历史的现场，史家都描绘不出来。一些细节，只有当事人看过，即使他们说过也随风而逝了。

当你老了，回想的故事可能是另一个版本。你为自己的背叛找各种理由。

理由是说给自己的。

希望故事里面没有自己的影子，说别人的故事就轻松多了。

我们不能成为消逝的青年，也不能成为愤青。

只有皇帝才能娶到杨玉环，才能和她共舞。

仔细想想，歌舞停下来。

乐师手下的最后一个节拍，一定是盛唐气象最后的韵脚。

从军行

如果有足够的能力去搏击长空，谁愿意躲在书斋里，写纸上的刀光剑影？

如果刻意地指点江山，还会像东坡一样，身陷乌台生死难测。

连李贺都想带上吴钩去建功立业，引弓射猎，少年亦有武夫狂。

想起小时候，伙伴们分成两伙。八路军和日本鬼子，八路军威风八面，鬼子则落荒而逃。

拿着棍棒追杀的场景现在还记得。

大学毕业，曾经戴着眼镜想去当兵，想

想要站军姿胆怯了。

其实，去了也会被拒绝，视力太差。

戎马生活能够一展怀抱。

当兵的人在战场上。他们可能还来不及举起兵器，就与现世告别；他们可能饿了三天三夜，还要准备打仗；他们会在与对手的厮杀中忘却生命的存在。

帐下歌舞的美人与他们的大多数无关。

平安回家才是他们的祈望。

诗人羡慕当兵的人，一句马上相逢无纸笔，写出飒爽英姿。

当兵的人成为诗人，一句天下谁人不识君，写出英雄风采。

诗人在战场上喝多了，古来征战几人回，那豪气乘云而上。

诗人在边塞待久了，此夜曲中闻折柳，故乡的月色涌上心头，暖意中，也会发出不破楼兰终不还的誓言。

宫 词

唐朝的诗人们总爱提笔写这样的题目，
深宫成为咏歌的对象，也是讳莫如深的地方。
这个地方不是谁都能进去的，进去的不知什
么时候能出来。

进去的方式是一样的，出来的结局各式
各样。这里面有侍女，有宫女，有常在，有
才人，有嫔妃，有皇后，还有伺候她们的太监。

我知道上官婉儿，以宫女的身份成为嫔妃。
她的故事常常和武则天联系在一起。
武则天和李世民究竟算不算夫妻关系呢？
感业寺是个好去处，从那里再出来就不

一样了。

武媚娘成为掌管后宫的人，只是这还没有结束，她和丈夫一起上朝。后来，她自己直接上朝了。

如果我们这样推论，后宫是出人才的地方，有些女性不仅管住男人，还能取代男人。不过，这里也是战场，有男人参与的女性的争斗场，她们适者生存，明处暗处都暗藏玄机。

她们没有朋友，"鹦鹉前头不敢言"说的是所有住在这里的人们。

锦衣玉食与香消玉殒连在一起。

欢声笑语与笑里藏刀连在一起。

设了三宫六院，皇帝的快乐在哪里？

他会有很多孩子，他会有很多女子。

宫女们望着墙外的一角天空，会想起童年的往事。

童年或许早已消逝在记忆中。

诗人为她们写诗的时候，请皇帝打开大门，她们会在门口留个影，然后消失在历史的册页里。

无　题

不期然的相遇，记住彼此的名字，下次见面，爱意滋生。

邻家少女的眼神很有诱惑力，让你情不自禁地写诗，写诗的时候，心灵的呼唤已经发出。

怎么写呢？用最诚意的誓言，将生死系在爱情的丝线上，自己相信是真的。

别人以为你疯了。

你的世界一下子变小，爱情的温度骤然上升。

冷水一瓢一瓢地从头顶浇下来，无济于事。

爱情不需要选好主题来写，碰上了，对
上拍，就意味着开始。

酒会上的相聚，游戏最适合调情，互相
看上几眼，心有灵犀。

夜空的星光点亮爱的火焰。

除了表白，你不会说话。说出来的话连
不到一起，选个题目，也只好称为无题。

无题可是有内容。一寸相思，一分记忆，
总和使用的意象有关。

燃烧的蜡烛，远处的蓬山，飞来的青鸟，
汇聚在爱情的河流里，推动着故事的延续。

邻家少女的眼睛打动你，女道士的温情
感化你，庄周的梦迷惑你。

你走过的路上仅仅留下一串脚印，巴山
夜雨，与人对话的时候想起相似的图景。

一点一滴，散入文本。

渔　翁

独自找个地方，过着与世隔绝的生活。

躺在大自然的怀抱里，尘世的规则可以无视。

渔歌唱起，欸乃一声，山水就绿了。

或者倾听山水独奏的音乐，江上数峰就更青了。

池塘里的鱼自在地游着。

一旦有人撒下钓钩，躲过诱饵的鱼不多。

钓鱼的人正是渔翁，他们知道水里游鱼的习性，你藏得深，他就等你憋不住后浮上来再下手。

钓鱼的人目的不一定在鱼。

只要你往水边一站，有人看见你，有人看不见。

看见你的就会记得你，记得你惬意的样子。

把鱼钩放在冰面上，与江雪同在。

享受孤独之际，抬头看天边的浮云。

落日下，故人都已走远。

写首诗寄给他们，他们展卷读来。

想象的空间里，你登高远眺，散上峰头望故乡。

第三辑

记忆的影像

这些过客，耳熟能详的过客
会部分地融入我们的体内
会让你想起我。想起我们的某次相遇
思想的密林有各种各样的动物
动物凶猛，我们一起探险
埋锅造饭，寻找食物，阳光下舞蹈

舞姿翩翩的是你吗
落花与月光同在，故事与星星同在
你沉默着，听我说话
听我讲述两个人的战争

硝烟散后，我们的故事会被记下来
或许成为传说

时间的秩序

把这些标记插在山冈上

过些日子再来寻找失落的种子

留下守护者，看守属于大地的粮食

还有一副镣铐，用以束缚他的双脚

只有这样，才会认定从此高枕无忧

窗框边沿的钥匙不会飞走

也许制定规则的扬扬自得，以为

我们的世界开启了同一的模式

有谁期待修订这部葵花宝典

翻开扉页，取消自宫的条目继续繁衍后代

拈花微笑，或许成为有效的招数

风景宜人，这座小山见证我们的成长

让初春的红花作为青春的标记

屏息运气，为守护者注入拯救众生的力量

郑　生

唱挽歌的郑生站在灵台上

唱挽歌的郑生低眉垂首

听众的掌声于耳畔飘来飘去

与李娃亲昵的图景

化作声音的言说

落魄的后背上有月光

月光下的恩爱被流放到宁古塔

从宁古塔归来

郑生的倜傥风流荡然无存

已然因贫困身矮而貌寝

怀念李娃

怀念一掷千金的畅快

于是，将仅有的五元钱一分为二

留下两元

安排身后事

唱挽歌啊，唱挽歌啊

遇见李娃

赎身而出的李娃为他舒筋正骨

此刻的郑生

如梦方醒

四处逡巡

想要找回家族的记忆

从荥阳流出的郑生

诉说那些关于宁古塔的往事

摸摸脸上的金印

继续唱挽歌

午夜，没有星光

被李娃的美梦惊醒

郑生站在庭院

暗哑的嗓音与口里的痰融于一体

收拢布满皱纹的眼角

龌龊不已

乞讨的郑生无路可走

落入李娃的怀抱后浴火重生

我想托举这座城市送到李娃的面前

郑生的显贵与你同行

郑生的龌龊与你同行

当他倒地将亡的至暗时刻

会不会有人欢呼不已

好　汉

被放飞后走上末路的英雄们。

让我放下书本，想象你们前进的样子。

用笔给你们画像。

画月黑风高发生的故事。

画醉卧酒楼发生的故事。

画酒后打虎发生的故事。

画失落卖刀发生的故事。

故事可以有各种各样的版本。

你们却只有一个去处。

沿着水路行走。

沿着旱路行走。

啸聚山林后，步上选定的路径。

书生带着你们，保正带着你们，押司带
着你们。

三段路程，故事都在转折。

一阵平静，波澜渐起。

转向风口，你们努力抗争。

仿佛汪洋中的一艘小船，寻找航向。

没找到就充满期待，找到的未必美好。

百川终到海，却失去了流向。

撕心裂肺的号叫中，体验沙场的朦胧月色。

倒下的，是曾经竖起的大旗。

谁说白衣秀士不懂得英雄气概？

懂得的却踏上不归路。

天色已黄昏。

替天行道的人却不知道天下乌鸦黑起来

的恐怖之处。

即使黑夜给了你们黑色的眼睛，蓦然回
首，昔日已无法重现。

所以，一个叫金圣叹的书生把聚会当作
结局。

聚的背后，就是散了之后的寂寥。

人鬼情未了。

那个王朝的背景没变。

君王说话的神情没变。

高俅身上的官服没变。

宋　江

一

活在两个世界的人，你还会醒来吗？

江湖称你为及时雨。

干旱的时候，给秧苗下一场雨；下雨的时候，帮助忘记带伞的人。

或者在生死关头救兄弟一把，救了兄弟，麻烦就来了。

你还在庙堂当差，地主的出身让你出手阔绰，兄弟们都愿意和你交往。

二

阎婆惜死得有点儿冤。

你以正人君子的姿态包养了她，她只好
和别人相好。

你给江湖兄弟通风报信，然后和她上床。

故事还可以更加暧昧。

一封信引出的一场血案。

三

告别庙堂，带给你撕心裂肺的痛苦。

逃难，在路上。

你把很多兄弟送上梁山。

自己回家了。

花荣和秦明还成了亲家，你的谋略带着
几分残忍。

这就是人在江湖的苦衷。

四

回家的结果就是被官府抓住，刺配江州。

宁可坐牢，你也不上梁山。

你的声誉让你少受不少苦。

你的经历让你愤愤不平。

江州的酒楼上，你借着酒劲，把心里话题在墙壁上。

危在旦夕，黄文炳的告发有点道理。

一家之天下，谁敢笑黄巢不丈夫？

你学他还有好事？

五

兄弟们冒着生命危险救你。

你偏偏不走，一定要抓住告发你的人。

抓住了，开膛破肚是复仇者的景观。

我在想，占山为王的人对待敌人那就是像秋风扫落叶一样。

六

住在梁山，心在山东，你又一次回家了。

被捕快追赶，进了庙里。

逃跑的人进入梦乡。

三卷天书，你成为与众不同的人。

于是，回到梁山，你东征西讨。

于是，只要有难，就翻开天书，或者梦见九天玄女，总有神灵庇护。

七

晁盖坐不住了。

他一出手就被射杀，剩下寻找复仇者的告白。

大名府的卢员外，日子过得好好的，注定为了上梁山要家破人走。

来了又怎样？捉住了史文恭又怎样？

请上座，请上座，请上座。

游戏中你坐上了唯一的位置。

八

身在江湖，你不能忍受被隔绝的孤独感。

不想做社会多余的一群人。

开始布局。

招安的调子已经定好，大家陆续到齐了。

在忠义堂选个位置站好。

你清清嗓子，唱满江红。

一直唱到汴梁城。

九

梦终于圆了。

博个封妻荫子，青史留名。

从庙堂到江湖，你是背叛者。

从江湖到庙堂，你是归顺者。

贼配军，贼寇，你以为摆脱了这样的身份。

殊不知，这些如影随形。

十

征战的生涯带给你成就感。

尽管一个又一个兄弟倒下了。

尽管你如履薄冰地盼望功成名就。

当你站在庙堂之上，指点江山的勇气荡

然无存。

悲欣交集，却没有看破红尘。

十一

喝了毒酒，你的内心更加纯粹。

带走你的保护神，然后托梦。

宿太尉，吴用，花荣，还有宋徽宗。

你想让他们知晓人生结束后告别的悲

凉感。

有处诉说，无处栖身。

林　冲

一

雪越下越大。雪地上，林教头的足迹深深浅浅。

一个巨大的问号躺在心里。

斗笠，酒葫芦，手里的武器。

还有回不去的家园。

二

本来生活好好的，偏偏飞来横祸。

太尉的养子逛街的时候，遇见你的妻子。

看上了。既然看上了就不能收手。

于是，好朋友在友情与官运之间选择了后者。

三

第一个设计被你破坏。

你的愤怒燃烧起来，却只能朝着物器发泄。

故事才刚刚开始，逃走的养子并没有善
罢甘休，太尉的态度不言自明。

一个圈套已经编好，等待你的身影。

你依然天真地走进官场。

四

从教头到囚徒，角色转换得真快。

你还是一个汉子。

在写下休书的那一刻，男人的形象栩栩
如生。

许多人送你上路，真正想着你的是一路
追随你的两个解差。

这是被收买的两个解差。

他们收了钱自然设计你，让你无法行走，
然后任意肆虐你。

第一个被刺配的好汉。

选好地点，他们要送你上路。

如果没有鲁智深，故事就结束了。

没有被背叛的友情才是友情。

五

你依然还是被设计者。

草料场的那场大火烧尽了你最后的希望。

如果没有累积的善行，你无处可逃。

杀人成为唯一的手段。

我能想象到，风雪中，你无助而愤怒的
姿态。

这一瞬间，你告别了过去的自己。

六

告别了过去的自己，你抢了老庄客的酒，
喝多了。

倒在雪地里，想要忘记发生的一切。

曾经接待过你的柴大官人救了你。

遇上洪教头，你的棒术这时候用了一次。

用了一次就改变了命运的行程。

一封信把你领上梁山。

坐在朱贵的酒店，你悲从中来。

一首诗题在墙壁上，这时候，你懂得英
雄末路的含义。

七

可是，英雄与书生相遇并不一定两两相得。

他害怕你的存在，于是，你又被设计了。

杀人成为必备的条件。

你依然在路上，等着，等到的见到你就
跑了。

没跑的并不怕你。

八

这次经历让你知道英雄落难的滋味。

当同样落难的人来到这里，你及时出手了。

一个时代结束了。

一个时代开始了。

你只想做一个平凡的人。

哪怕淹没在人群中，也不改男儿本色。

九

以后的故事不用讲了。

你总是和大家一起行事。

被设计的一生在某个节点上休止。

风暴来临，请系好酒葫芦。

踏雪寻梅，你、妻子、孩子一起看日出
日落。

鲁智深

一

翻开《水浒传》，最爱看与你有关的故事。

读读被腰斩的金圣叹的评点，才知道你是他心中的上上人物。

没有心机，你的豪爽就是最好的名片。

你不需要名片，朋友需要你的时候，你就会出现。

二

真想看一看，倒拔垂杨柳的现场。

真想看一看，拳打镇关西的现场。

头发越来越短，索性削去。

出家人不打诳语，你是从野猪林走出来的侠客。

救了兄弟，也失去落脚地，于是，如柳絮东西飘荡。

三

接受剃度，并不等于直入佛门。

你依然故我。继续喝酒，继续吃肉，继续与过去的自己同行。

风不动，幡不动，你的心动。

只要心动，说什么都不会善罢甘休。

四

大师来点化你。

接受战争的洗礼，厮杀中你渐渐顿悟。

二龙山，你和杨志相遇。

二龙山，你与武松相遇。

你们走投无路。

五

偈语在耳畔回荡。

几句话就勾画出你一生的足迹。

捉住方腊，潮声涌动。

告别的时候到了。

你居然出奇地镇静，以虔诚的心做一回

佛家弟子。

六

坐化的那一刻，你如此平静。

战火硝烟，随风而逝。

你感悟，你倾听。

潮落潮起，生命的起伏不再。

杨 志

一

某次读杨家将，读得兴起。

母亲让我去抱柴火，没听见。

父亲抢过那本借来的《呼杨合兵》扔进灶坑里。

眼泪流下来，之后赶紧干活。

以后我都不记得了。

故事还没看完，那时候还轮不到你出场。

二

虚构的文本里，你是杨家将的后人，注定是一个落魄者。

从花石纲到生辰纲，两次押运都没能成功。

一场风暴就把你的任务结束了。

天不助你。

杨家将的后人也会无枝可依。

三

落魄时路过梁山泊。

遇见落魄的林教头，两个人的战斗很快就结束了。

弃文就武，这个叫王伦的知道你的名号，想留下你，与林冲相伴，相对，为敌。

你不敢违背祖训，指望凭一刀一枪，博得个封妻荫子。

这是很多人的梦想。

除非无路可走，谁愿意被整个世界孤立。

四

还是高俅，断了你的去路。

落魄就上街卖刀。

江湖就是不安定，连牛二这样的泼皮都
和你作对。

你的刀本是要用在战场，如今落在市井。

铜钱、头发，还有牛二，都成为刀下的祭品。

心存梦想，你选择了自首。

五

你的前程本有规划，到此拐了一个弯儿。

带上枷锁，挨了脊杖，刺了金印。

即使是"贼配军"，你依然要改变命运。

与周瑾的一场比试，比枪、比箭，大丈
夫心中有情。

与索超的一场比试，你尽显沙场奋战的
姿态，可惜难得一用。

六

押运生辰纲的路上。

配军的身份让你无法主宰命运。

一包蒙汗药就把你的队伍解决了。

只要被算计，谁都在劫难逃。

当你兀自离开，所有的账都会算在你的
头上。

七

走一步是一步。

终于想起林教头的命运了。

你想步他的后尘，却看重颜面。

这是江湖，江湖里有许多规矩，也有许
多讲究。

八

你遇见鲁智深，听了他的故事。

于是，你们同行。

二龙山，让你走到理想的对面。

寻路人找不到路也就只好自己去开路。

九

读完你的故事，我掩卷而思。

许多梦想需要我们自己努力。

当你翻山越岭依然无法穿越人为的障碍，希望好像就在眼前，而暗夜里的灯光依然距离遥远。

杨家将的传说到你这里画上句号。

后来人无言相对。

李　逵

一

如果只是当个小牢子，你会一直很快活的。

只是遇见宋江，你成为追随者。

黑是够黑的，你还不算矮，否则和宋江
就配对了。

二

刮起旋风来就造出一个魑魅魍魉的世界。

你不分好坏，两把板斧排开去。

道士、孩子和刽子手，都已丧生。

黑旋风，刮来正义也刮走生命。

三

你区分善恶，才会负荆请罪。

坐在衙门的座椅上，你也会判断正误。

替天行道的大旗不能打在你的头上。

四

你是害怕摔跤的人。

燕青和你站在一起。

戴宗和你站在一起。

你的天真总让我想起某些角色。

他们看着天上的云彩，只需发出艳羡的

目光。

五

从岸上跳进河里，你拼命挣扎。

浪里白条和浪里黑条遇到一起，注定是

一场提前结束的争斗。

吃了鱼，大哥醉意加上酒兴，悲剧发生了。

六

看望老娘的路上，你遇见李鬼。

善意获得谎言，会发现人生的残酷。

对不起老娘。深山里，居然撇下老人去寻找水。

随时出现的野兽让你无法释怀。

你的愤怒远远没有悔恨深。

七

你是大哥的影子，大哥要带着你一起离开。

突然告别尘世，不知你有何感想。

这个你称为大哥的人和你喝酒，告诉你梦想成真后的凄凉。

梁山泊的《满江红》已成绝唱。

一如风中的落叶，向往青翠的绿荫。

八

你是李逵，一个活出自我又失去自我的
过客。

你是李逵，一个活出性情又缺少情趣的
过客。

武　松

一

喝酒，喝酒，喝酒。

景阳冈的夜色与月色交织在一起。

喝酒，喝酒，喝酒。

醉打蒋门神的影像亦真亦幻。

二

姥爷当年从山东跑到关东。

走一处讲一段讲武松打虎，讲一段走一

处还是讲武松打虎。

就这样，姥爷走到了我的故乡。

这个村庄山东人多，说山东话亲切，更

重要的是武松打虎很有吸引力。

于是，姥爷就留下喂马。

小时候，我经常到马圈去玩儿，看马吃草的样子，看铡草机的身边草屑儿纷飞。

听姥爷讲些与马有关或者无关的故事。

三

武松是山东人。他病卧于柴进的庄上。

不听话就难讨主人喜欢。

记得姥爷看到我和他的孙子打架，姥爷一棍子打掉了我的两颗牙。

然后，我哭着找妈妈。

武松谁也不找，困顿之际遇见宋江。

两个理想相同的人相遇了。

当他们再次相见的时候，脸上都有金印，招安成为最后一棵救命的稻草。

四

总是一个人的战斗。

酒喝干，再斟满，走在孤独的路上。

为兄弟出手，为自己复仇。可是，仇恨
会让一个人发狂。

一旦英雄末路，他就会不顾一切，手中
的利刃无法停止下来。

一路厮杀，血光中分明闪动着畅快的眼神。

五

孙二娘，玉兰，潘金莲，还有蒋门神的
女人。

你都交过手，只是一段历程的过客。

也许，她们会让你想起故事的瞬间。

瞬间，一切灰飞烟灭。

六

当战争落下帷幕，武松转过身。

古战场，秋风吹过，凄凄惨惨，他走进
寺庙，告别久违的梦想。

当佛音响起，他会从讲唱中听出惊涛拍
岸的壮烈。

刹那间，觉得世界陷入宁静。

七

如梦，如幻，那段激情燃烧的岁月。

姥爷回到山东，又回来一回。

他最爱和我说话，把评书里的故事聊出来。

后来，姥爷又走了。

十年以后，我见到了姥爷。

姥爷已经不给我讲故事了，我只有吼叫
他才能听见。

他静静地坐着，看着我，静静地坐着。

武松打虎的故事还在广播中传递。

八

武松已然是英雄符号的一种。

一旦孤立无援，就会有人舍身而出。

在某个特定时刻，故事再度演绎。

人们期待的目光接踵而来。

贾宝玉

一

你的故事写在石头上，废弃的石头从神话里走来。

拯救者已经睡着，你讲述的某个人物会不会从书海浮出水面？

这个人不是你，也不是悼红轩的那位先生。

和尚和道士一开始就预言你的未来，等你在雪中。

二

你的第一个梦有些暧昧，你并不懂。

梦境闪过的美丽女子让你目不暇接，和

女娲造人一样。

你读完词，听曲子，听得一头雾水。

向你传递的信息结束了。

梦醒之后，你成为真正的男人。

三

真正的男人需要爱。

爱该爱的人，你在家里走来走去，可爱
的人太多了。

举手投足，悲剧或者磨难就要发生。

宝钗之仙姿，黛玉之灵巧，让你滋生
迷眩。

童心与爱心交织在一起，五味杂陈。

四

草木的本心太单纯了。

木石前盟搁浅在金玉的世界里。

你被放抛在水里学习游泳，无论怎么教

授也学不会符合需要的泳姿。

你被打造成世间的珍品，可是你想自由。

枷锁已经准备好了。

你无处可逃。

五

可爱的人太多了，爱你的人也不少。

懂你的人少。

功名利禄，家族荣耀，你无动于衷。

可是，青春的故事很快就结束了。

你的婚姻，你的仕宦，接踵而至。

六

把爱洒向众生，众生对你无爱。

只有钟磬之声才会荡涤心灵。

你的故事只能安放在一片净地。

播下情种，让它自然生长。

七

无法选择的人啊!

婚要门当户对,与你相守的人要中规中矩。

宦要考场煎熬,与你同行的人都浊臭熏天。

于是,婚姻让你迷失自我。

于是,仕宦让你身不由己。

八

你的玉丢了,前世修来的姻缘丢了。

木石的本性难以寻觅,护卫你的小草已

经枯萎。

她无法见证你独自居留尘世的烦扰。

只能将满纸真情化为灰烬。

把泪水洒在你的衣襟上。

用托梦的方式告别。

九

伤心人已经远去了。

旧庭院秋风依旧，只是夕阳下，秋窗的风雨化作泪痕。

滴在心上，化作云烟。

你失落的石头上，故事到此为止。

接下来的情节只能续写了。

十

特别喜欢读你说的最后一段话。

青埂之峰，曲终人不见。

鸿蒙太空，花市灯如昼。

故事还在花瓶中生长，枝繁叶茂。

渺渺茫茫，往事消散，剩下的成为红学的余唾。

斑斑点点，被后来人捡起来，考证。

诸葛亮

一

你的故事让三国成为一个永久的话题，

从大宋开讲，绵延至今。

出租车司机手持《品三国》，一边开车，

一边和我侃大山。

我心惊肉跳。

他兴致盎然。

没几句话题就转到你的身上。

二

你有那么神奇吗？成为智慧的化身。

还记得读小学课本上的《草船借箭》，

不仅滋生出心驰神往的念头。

想象力的世界，我成为你的替代者。

风光的样子一直带进梦中。

三

曹操有那么愚蠢吗？看见船就要射箭。

何况会射出那么多，才知道上当。

智慧的故事总是超过现实，让我们措手
不及就失去机会。

司机的眼神里露出不屑的样子。

四

故事在史书里躺着的时候总是沉默着。

遇见读者才会站起来。

从官方的记载走向民间。

说着说着，讨厌的喜欢的都会超出警
戒线。

五

横槊赋诗的曹孟德心眼小了。

羽扇纶巾的周公瑾心眼小了。

而你从茅庐出发的时候就很神秘。

天下尽入彀中，谈笑间战局已定。

六

小时候，邻居的家里有一部《三国演义》。

纸已经发黄。书不借，但可以去看。

看完了，还可以和男主人讨论。

长坂坡上的一声吼，过五关斩六将的英
雄气概。

还有几进几出敌营的赵子龙，俨然是天
下最值得爱上的人物。

七

常常把两本书的人物拿出来比较比较。

然后幻想一种可能，他们一起被我打败。

成功总要和你联系起来。

华容道的选择路径。

失街亭的莫大遗憾。

仔细想想，如果不是这样，历史必须改写。

历史不能改写，所以错误一定发生。

八

总是事后诸葛亮。

事前要是诸葛亮，很多故事就消失了。

你几次出征，江山依然未稳。

刘备托孤的一刹那，你究竟在想什么？

摆下八阵图，放出木牛流马。

这是属于你的风景。

九

我们的诗圣老杜写你。

我们的诗仙太白写你。

写着写着，自己的影子就照进来。

人生的开始并不一样，结局总有些相似。

于是，诗人们向你致敬之后拂袖而去。

十

躬耕陇亩的智者啊！

大梦醒来，揉揉眼睛，地里的庄稼长高了。

算算收获的日子。

为新的一年打算。

孙悟空

一

你和贾宝玉一样与石头有渊源。

他不听话要挨打，你不必。

你只是闹，从人间闹到天宫。

从天宫闹到极乐世界。

二

你学会翻跟头，翻得再远还是要回到地面。

你学会七十二变，变来变去还是猴子的

性格。

取来定海神针，树立的敌人浩如烟海。

和各路神仙过招。

你等来了独立的机会。

既然不是想要的，那就搅他个天翻地覆。

你错过了独立的机会。

如来就是一个大笼子。

罩住你。

跳来跳去，翻来翻去，都没能走出他的手心。

三

不听话的后果很严重。

管理者会让你尝尝苦头，以证明权力的能量。

大山把你压住。

五百年的风雨在小说里就是几页纸的厚度。

四

自己的路已经堵死。

走了很远的你只能步别人的后尘。

终究躲不开尘网的束缚。

按照定好的规矩，戴上紧箍。

只要咒语一念，你就只能听从安排。

五

到西天去，漫漫长途。

你要和唐僧一起出发。

唐僧就会念佛吃斋，白白净净的，身上
的肉可以长生不老，让各路妖怪禁不住诱惑。

他还会告诉对方自己来的方向，祈求早
日修成正果。

六

孩子们喜欢看关于你的动画，他们和我
一样幻想能够七十二变，能够喊一声"俺老
孙来也"。

你来了，就会吓走妖魔。

你来了，就会平平安安。

于是，你成为童话里的保护神。

七

你的字典里没有爱情。

你的朋友里没有同道。

你的同门里没有信任。

那个猪八戒遇到困难总是喊分道扬镳。

那个沙和尚遇到困难总是等着大师兄。

你要承受的，并不是自己选择的。

八

选择了终究没有放弃。放弃的念头挥之

不去。

你回到出生的地方，又回到取经的队伍。

梦想渐渐被现实取代。

阳光下，把取来的经书晒晒。

那些文字有什么玄妙之处？

今生之外，还有前世。

今生之后，还有来生。

九

即使重新选择，你也走不出这片领地。

有人为你谋划好一切，你只要听话就行。

听话就能分一杯羹。

要是大闹天宫，可没有好果子吃。

十

你还是齐天大圣。

还是那个无法无天的猴子。

心上的紧箍咒无法忘去。

念一遍，再念一遍，麻木了。

一个人一生总要学着自己走路。

走着走着就会碰壁。

碰几次就学会防备周围的人。

有人会说你终于成熟了。

成熟了就能立地成佛。

第四辑

女性的星空

她们还在寻路
摆脱不了男人们的足迹
爱情总是戛然而止

暗夜还在
寻路的生灵还在
路已经平整了许多

出发之前
梳理一下脸上的皱纹

神　话

　　这个季节与竖琴的心情不合拍，唱出来的

　　音调过于欢快，一只从水面掠过的燕子

　　想起浣纱女，想起搂着帝王的脖子死去

的幽魂

　　想起迷楼中晕倒的梦魇，雄性激素瞬间

消失

　　楼高雾浓，影影绰绰走出来的生者

　　仿佛看见水面泛起的沉渣

　　不要渴望打捞出记忆的风景

　　即便把碎片拼接起来，俏丽的容颜只能

从枯骨中长出

我们回不去了，读几页古人的余唾

琢磨某部典籍中几易其稿留下的字句

作者如果活着，会笑出声来

斩钉截铁的荒谬洒满原野

企图用爱情换来胜利的女神啊

当爱情随风飘远

胜利一定会遥不可及

这些布满幸福的故事反复演示着命运的

同一种归宿

女 娲

那些旋舞的生灵

挣脱你的手指

四散而去

你在炼石

从你身旁走过的同伴看着你

看着那些石头

躺在你的身畔

那些炫人眼目的石头

毫无用处

毫无用处的石头们

阳光下非常窘丧

他们的怒火从心中升起

化作男神

从石缝中蹦出来

一个要在尘世间称王

另一个

手持金箍棒捅破苍天

剩下的石头

终于派上用场

他们在补天的路上

留下斑斑驳驳的印痕

剩下的石头

被嵌在指定的位置上

寂寞中生出无限情愫

你的手指已经生出老茧

那些旋舞的生灵

早已独自建构了一个世界

你的皱纹

被呼啸的风吹平

你的泪水

化作秋雨

积聚在石头的罅隙里

直到一棵千年枯树

长出嫩绿的叶子

那些旋舞的生灵

偎依你的周围

生生不息

嫦 娥

我和小呆在一起的时候

常常想起你

住在天上

小呆想和玉兔一起比比

谁更会提前让你看见

便无法安眠

夜晚来临

小呆想要从笼子里出来

巡游

她疯狂地旋转身体

她用身体对抗有形的束缚

只好放她出来

绕着我游戏

揉揉难以睁开的双眼

舀上一勺兔粮

她立刻跑回去

我立刻关上门

你会不会乘风而来

夜是你的使者

被刻意遮蔽的故事

会给我一份惊喜

你不会遇见后羿了

那个在凡间射落乌鸦的神祇

收起弓箭

他在寻找你

他在距离太阳最近的地方

体验你的风景

你的风景被李义山一笔荡开

随着吟诵声蔓延

当年老师绘声绘色地讲述着

猪八戒与你的相遇

后羿与你的相遇

碧海青天阻隔了最初的祈望

你的故事还在

你的声音还在

你的惆怅还在

你的星空还在

这一夜，我和你隔着一个迷梦

我们可以对视一下

各自带着兔子

守候在寂寞之中

王昭君

帝王终于转了一下身

一转身就爱上了你

在此之前

你是一道寂寞的风景

关于你的故事

附加了太多的想法

嫁给单于

只是因为嫁给单于

杜工部想象你思乡心切

王半山想象你风光无限

这些优秀的男人们

总是把他们的心思

和你比对

比对之后

他们说出来的诗句里

只有一个字眼属于你

家

哪里是你的家

你在流动

家在流动

你的故事被谱上曲

被搬到舞台上

供台下的观众看

他们欣赏着你的孤独你的忧伤

他们让你哭让你笑让你替他们说话

有月亮的不眠夜

真的有谁盼你归来吗

那个画师用颤抖的手

画你的容颜

画你的眼神

当他在传说中死去的时候

手里没有画笔

仅剩

你一笑而过留下的香气

蔡文姬

从故乡到异乡

终于回来了

你拂拂头上的乱发

从故乡到异乡

亲情的距离有多远

风的长度大于分别的长度

泪水无法丈量

分别之际

那种伤痛如何弥补

胡笳还在演奏

演奏者面无表情

每一拍都痛心彻骨

你是有故事的人
你的故事讲给自己的孩子
自己的孩子找不到母亲
母亲的故事里
只有孩子

如果重新编排
你的故事会换一种方式流传
戏剧家会让你
沉迷在深巷中
他们的情怀会由你说出来
不管你愿不愿意

生离死别的歌哭
一位普通母亲的真爱
会藏在角落里
等待升华后的落幕

西 施

吴王拥你入怀

越王因你入梦

范蠡可是孤枕难眠

美人计是男人的专利

一个男人用一只鱼钩

把你挂上去为饵

另一个男人就上钩了

上钩的男人离不开你

你的身体溢满属于他的自豪感

于是

磨刀的磨刀

铸剑的铸剑

饮酒的饮酒

长啸的长啸

围绕着你的演出并不散场

吴王因你入梦

越王因你入梦

他们的梦交叉在一起

只是错位了

如果同时进行

就会发生竞争

如果发生竞争

就会战火纷飞

战火燃起

你会不会心痛

泪水融入西湖的波纹

不断扩散

船已经备好

摇桨的男人迟迟未到

你看见岸上的炊烟升起

牧羊人唱着婉转的调子

你看见几个男人扭打起来

他们把你当作战利品

你消失在黄昏的风中

决斗还在进行

胜利者待定

回眸一笑

西湖里的游船载我畅游

武媚娘

爱情搁浅了很久

后宫的风暴中并没有你的身影

花样年华

伴宫廷的落叶飘散

你的青春被折成一只纸飞机

飞得很低

飞得很低

压抑的群鸟徘徊着

你的寂寞

涂抹在感业寺的门槛上

如果不是因为走神

你和他不会相遇

不会在偶然的目光对接中定下约会的

时辰

老去的是时间

时间却不会老去

他在你的身边有限度地停下

香车宝马已经备好

父亲把你给了儿子

儿子把你扶上宝座

父子共同演了一出戏

他们的江山摇摇欲坠

爱情在政治场上总是只开个头就停了

长安大道上

你的脚步匆匆

当你回来的时候

就注定今夜有大雪扑面而来

飞舞的雪花

落下就化了

狂风把你的梦扯得粉碎

你并不在意

按照设计的蓝图

让大家扮演各自的角色

演完了就退场

退慢了就杀头

冤魂们来不及申诉

他们跟不上你的步履

拥你入怀的和尚喝多了

你拥入怀的大张小张喝多了

他们忘记了自己真实的存在

风乍起

暮色苍茫

你已经老了

花白的头发诉说着一段一缕的往事

那些销魂的瞬间

陪你长眠

霍小玉

从一个台阶上掉下来

落在底部

你的忧伤犹如格桑花被风吹散

被吹散的还有曾经欢快的童年

改了姓氏改了企盼

那个想要遇到的机缘来了

晨曦雾气减淡

你的脸上雾水与泪水融为淡墨山水

等你的李生

你等的李生

很快就直入梦中

这个梦在现实中浸泡得久了

让你不免再生心愿

八年对于你等于一生

八年对于他等于一程

三尺素缣写下的是彼此的承诺

你很在意

他无法兑现

爱是真的

爱一生却难

一场漫长的寻找开始

你陷入绝望的泥潭之中

一场刻意的躲避开始

他陷入希望的行旅之中

还在梦中的

梦中醒来的

构成矛盾的风景

风景外的芸芸众生

传递着你们的故事

故事讲到一半你就卧病在床

故事讲到一半他就无处可藏

于是

你看见他看了又看还想不看

他看见你不敢再看不能不看

梦已破碎

一地的碎片卷走了你的生命

人们都期待着故事发生之后

还会有些什么

让死者获得平衡

让生者生不如死

这是传说却写入历史的册页

霍小玉

你的幸福遇见李生

你的悲伤遇见李生

许多女生遇见你

许多李生遇见你

故事或许换了一种讲法

在人群中

延续

从一个台阶上滑下来

站定以后

捡起掉落的唐宋传奇集

翻到属于你的页码

读到黄昏

夕阳向西慢慢沉落

李　娃

让一个站着的男人跌倒

再让他爬起来

这是一个漆黑的夜晚

浪漫的片断之后

高贵的郑生迷途在城市的喧嚣里

他的梦想被拦腰截断

一半是峰巅

一半是谷底

这是一个漆黑的夜晚

李娃在夜色中逃遁

她的脑海里消失了一个身影

她的生活仍在继续

沿着满楼红袖的街市

唱挽歌的郑生

依然以家族的荣光发出清音

凄凉的暮色

声声断肠

围观的人群已经散场

只剩下一地鸡毛

阵痛彻骨

任风雪交加于凌乱的发际

在路上

那个遥远的念想

在路上

那个消失的女子

他只需要延续求生的本能

把尊严放下

受重伤的郑生被亲情击中

苏乞儿还在寻找无双

当他看到李娃的时候

当李娃看到他的时候

彼此再次交集

这是一个美妙的故事

许多年后

李娃看郑生的眼神

必定暖意融融

杨玉环

李郎逃离家园了

带着你带着惊恐的队伍

战火蔓延

你的眼神不再包含浪漫的渴望

马嵬驿

一个执手相看泪眼的伤心地

从一个李郎到另一个李郎

中间隔着一座道观

华丽转身的幕后

应该有伤心的故事

从替代品到还原自我

你的经历

应该有难掩的愁思

这些都随风而去

剩下的是白乐天的浅斟低唱

流畅的句子

随历史的韵脚戛然而止

你的舞姿定格在

霓裳羽衣曲的某一个节点上

帝国的豪华瞬间落尽

离开之际

李郎如何看你

他会不会挽你的手

把长生殿里的誓言重温一遍

爱情被政治打击得遍体鳞伤

仅有余音袅袅

逃回来的李郎在梦里与你相见

他早已脱下龙袍

躲在寂寞的角落

靠追忆曾经的图景过活

这时候

爱情重新发芽

战火已熄

你的舞蹈

旋入他的脑海

成为盛世绝佳的注脚

穆桂英

那个传说中的奇女子还会来吗

四月的风很大

蒲公英已经开遍荒野

你是那个可爱的采花人

采花在幽谷

幽谷有佳人

你期待的某次相遇

在脑海里不断地复现

梦中的花木兰

和你很像

只是你不想那样

难回本色

骑马握刀

战场上的你风姿绰约

不走寻常路

才会有好去处

从不寻常的地方回来了

找到你的归宿

爱情沿着家族的气质生长

你摆脱了相夫教子的定位

从说书人的口中

从伶人的演绎中

抖却男人的目光

让他们无枝可依

怎能不爱红装

你是个美丽妖娆的女子

怎能不爱武装

你是个飒爽英姿的女子

忽然想起

某个特殊的时刻

手持一部《十二寡妇征西》

读着读着

夜幕降临

收音机里富有磁性的声音

还在继续

你的形象一路传开去

交织在历史的册页里

尘埃已定

林黛玉

一

诗意断绝，意味着生命的终结。

你对秋天的感悟无须继续书写，滴在纸笺上的露水，被晒在阳光下。

眷恋的目光渐渐收缩，燃烧过的灰烬聚拢在一起。

还能看见什么？

二

本是一棵小草，偏偏长在大院里。

这个院子属于你，也不属于你。

青春的诗章永远是未定稿。

你是诗人，必须让泪水化作文字，让世界布上悲情的背景。

三

这部书讲述的是春天的故事。

一元复始，春风吹起，院子里的草木活了起来。

用生命的动力迎接春意，江南的春天又是碧绿盎然。

大观园的每一处风景都渲染着乌托邦的理想。

四

诗人的聚会开始了。

当大家兴致勃勃地挥洒文字，你却感伤起来。

生活在春天里的秋天，你叹惜春天的暮色，写寄居的失落感。

宝玉不懂，宝钗不懂，你阅读自我。

写在纸上的风景被泪水浸湿。

如片片落花。

五

小时候多好啊。

两小无猜，并肩躺在床上，对视。

没有构思任何结局，仿佛一切都是起始。

都想让故事就这样演绎下去。

不会落幕。

六

挨打的正是你在乎的。

你在乎的却并不属于你。

他要沿着既定的路线听人摆布。

对前世的情缘视而不见。

七

喜欢听你和他说话。

说着说着就开始吵架，吵着吵着就开始
生气。

生气就彼此隔远一点儿。

隔远了才会走得更近。

山还是山，痴情如山。

水还是水，柔情似水。

八

春天就要过去了。

痴情写诗的女子也要香消玉殒。

她的诗会被记在石头上。

滴滴是离人泪。

如果离开了，还能走进别人的梦里，那
还是幸福的。

九

早上醒来，阳光照耀在床上。

大观园已经变成废墟。

路过的行人偶尔进来看看。

指指点点，对着潇湘馆凝目而视。

也许会发一会儿呆。

也许笑话你哭哭啼啼的样子。

十

懂你，才能读你的故事。

才知道故事里的你可以化身千千万万的

影子。

夜深人静，就听到有诗句成为空中的绝响。

才能从梦中醒来，皈依现实的世界。

薛宝钗

一

金锁配宝玉才是人间的美好姻缘。

石头配仙草那是传说的自由恋爱。

把恋爱变成婚姻，谁想过如此衔接紧密的生活？

二

是你的终究是你的，所以你才不动声色？

扑蝶的背影自然会令人滋生爱意。

那个想要"戕宝钗之仙姿"的人还在笑呢。

那个说你像杨贵妃的人还在笑呢。

你不说话。

第四辑
女性的星空

过了一个淡淡的端午节。

三

好风凭借力。

你远远地看着，熏好的香在香炉燃烧。

一寸灰连着的是一寸芳心。

习惯了一种味道，你不离不弃。

四

你写螃蟹的那首诗，我读了又读。

寻找站在你身后的洞察世事的人。

世间总有风情万种。

哪种属于你呢?

把自己包上一层纸，等待被捅破的日子。

当那一刻终于到来，你已然无语。

五

颦儿读了《西厢记》，你也读了。

一个读得快乐，一个读了不说。

颦儿说出的两句话被你抓住把柄。

然后，才发现你们是同路人。

六

青春的感觉真好。

没有岔路口，只要一直走，走到大观园的某个角落。

即使有故事发生，也会被时间冲淡。

你和贾宝玉提前相遇，黛玉来了。

他和林黛玉相遇，你来了。

三个人的故事就微妙了。

七

你希望故事结束吗？

按照规矩走一段新路。

路是新的，陪伴你的只是一个躯壳。

他的心飞走了，沿着女娲补天的方向。

飞着飞着，停下来，掉到大荒山下。

八

如愿步入婚姻的殿堂。

你的大喜却是另一个人的大悲。

当生命如流星滑过夜空，悲怆感油然而来。

你不再写诗。

九

写过的诗篇幻化成眼前的生活。

林妹妹一死，你郁闷到底。

写诗的日子那么缥缈。

已经无迹可寻。

十

你没有路过青埂峰下的那座山。

山里的故事与你无关。

你孤独地看着大观园里的一草一木。

卷上珠帘，掩面而泣。

坐在家里，等待故事的终结。

凤　姐

一

故事刚刚开始，你就有了归宿。

爱上一个不愿意回家的人。

有魅力的是他的家。

戴上面具，你是这个家里的主人。

二

乡村和都市的距离并不算远。

绫罗绸缎和粗布衣裳也没有分别。

刘姥姥来了。

你说了些无关痛痒的话就打发了。

感恩戴德，刘姥姥又来了。

当她再来的时候，你才知道，这是你生命中重要的使者。

三

你是有智慧的女子。

智慧用对了，被称为聪明；用错了，被认为残忍。

迷上你的那个人想要见你。

想要见你的那个人，看完风月宝鉴，万念成空。

四

秦可卿的梦是托给你了。

从梦中醒来，你开始料理家事。

所有吃饭的都要看你的脸色。

阴晴不定的日子已经远去。

五

你会有爱情吗？

爱情可能在欢声笑语中飘了一会儿，随风而逝。

你不会自寻烦恼。

让自己身不由己。

六

算完你的年龄，我有些吃惊。

青春在你的脸上已经隐去。

你不写诗。

你不会醉卧酣睡。

醒着的心情未必就好。

七

你和贾宝玉说话。

你和林黛玉说话。

你和薛宝钗说话。

你和平儿说话。

你和贾琏说话

你和贾母说话。

八

话说多了，路走长了，你病了。

陪你的男人并不爱你。

好的时候前呼后拥。

见个面都恭维几句。

病了才知道被忽略的滋味。

九

老太太走了，鸳鸯跟着走了。

你再说话，少有人听。

说着说着，已经力不从心。

那些辉煌的日子已经装入纪念册里，需
要把它翻出来的勇气。

十

终于要解脱了。

你梦见了尤二姐，梦见因你离开的那些身影。

自己的很多故事来不及梳理。

巧姐的命运还未可知。

渔火就在不远处，你无法上岸。

十一

你的故事还在继续。

故事的主人公已经换了名字。

他们依旧风光无限。

绝对想不到会从神坛上跌落下来。

传　说

渴望一场艳遇

某位女子从记忆中浮现出来

心灵的一角顿时亮了

书生在阅读之后

开始幻想

她们围绕在他的周围起舞

她们的歌声

是他生存的资本

天上的来到人间

人间的去了天上

穿梭中故事会自然翻篇

从纸面走上舞台

从痛苦走向欢乐

从分离走向团圆

观众的陶醉感还没有散去

新的故事就已然写就

那些曾经在历史的天空中翱翔的生灵们

忽然被折断了翅膀

她们惊恐万状

她们的青春在出嫁的一刻终止

于是

石头的故事颠覆了

我们在名利场的种种设计

于是

石缝里蹦出了

令天崩地裂的精灵

久久困在科场的书生

还在奋笔疾书

那些可爱的狐狸精登场了

那些可憎的糊涂虫登场了

艳遇之后

一切风平浪静

故事的底色渐趋阴暗

涂涂抹抹的写手们

点燃了黑暗里微弱的光焰

有人想吹灭她

有人想照亮她

不管她是谁

只能躺在时光的温床上酣眠

偶尔翻一下身

继续睡

书生在这时重新蘸一下墨

手中的笔饱满起来

故事会从暗处到明处

蜿蜒地行走在后人的记忆里

那些传递故事的

生者和死者

让某些情节跌宕起伏

让一切相遇显得自然而然

书生放下手中的笔

开始遐想

开始渴望一场艳遇

某位女子从记忆中浮现出来

心灵的一角顿时亮了

张爱玲

把名字写在水上的还在波动

把爱写在纸上的还在动容

小团圆浓缩了千万人中的那句话

你也在这里吗

悲凉的眼神

依然定格在十七岁的文字里

面对那轮昏黄的圆月

我想跟曹七巧说

我想跟白流苏说

我想跟胡兰成说

说潮水打湿了一方纸笺

海上花开开落落

红楼梦隐隐现现

化个淡妆

对镜把自己画进书里自我欣赏

谁还分得清

流言里的传奇

传奇里的流言

可是故国月色依旧

你还是走了

不见去年人

轻拍曼舞不再是当下的时尚

落寞烟水暗淡于长天深处

你的书写还在继续

还在敲打着读者的键盘

自己却戴上面纱

寻找自己寻找风吹落叶的声音

躲进小楼看潮来潮往世事如烟

你把旧日写了又写

放在桌上扔进废纸篓

淡漠的表情还在

痴情的目光无法改变

你还是倾听时间的那个小女子吧

走来走去走不出

大上海的往日繁华布景

故国山水依稀的氤氲

而当你无声地离去

我守在故国为你招魂

想起萧红

你的泪水

自呼兰河流淌到香江

花园里的蝈蝈

从沙果树蹦到纸页

只有你，走啊走

苦旅中形成追忆的文本

有人打开，有人合上

然后，目送你

一骑绝尘

如我者仰天长啸

车过呼兰河

那是冬季的一个下午

寻找家的人

在桥上张望

熟睡的呼兰河

流动的人群

有三十岁的女子

却没有我要找的那个

她的家就在桥的那边

无须穿越

可是我的心灵无法过去

那部与呼兰河有关的文本

呼啸而来

在旧日的园子里

重新定格

生死场

从两个空间穿梭

一头看见人间的雾水

一头告别人间的风水

那个小女子在北方出生

那个小女子向北方瞩望

不要再等了

和你慢慢行走的万千生灵

以最后的慢拍舞步

迎接你的到来和离去

倦怠的眼神里

闪烁着智慧的光芒

红山茶等待绽放

一只麻雀落在电线杆上

残雪还给你春天的忧伤

纪念碑

在一个特别的时刻

把生命的印记写在纸上

沉淀二十年的记忆中

潺潺水流正在归入大海

有梦的晚上总是那么快

那些消失的情节

诱惑我把手抚在胸间

努力搜寻目之所及的领土

占据领土的欲望一旦鼓起

常常不可抑制

想起来的

想不起来的

均会让你迷失于追忆的图景内

或者，多年以后

此刻的书写也会浮出水面

在我渴望温暖的时候

以阳光的姿态呈现

纪念碑

不一定要以实体的样子树立

也可以躺着

如同走进历史博物馆

感受大唐的风烟

一旦风烟俱净

按键清空写过的文字

仅留下空白的页面

纪念碑

正面并没有文字

侧面依然如此

我想走向后面

却停住了

想把它留在可供填写的卷子上

期待的答案

明天就要翩翩而至